澄哉はあまりの翼の見事さ、降り注ぐ熱い湯の心地良さに徐々に羞恥心が薄れるのを感じながら、自分の裸体を包む翼をそっと撫でた。
「吾聞さんは、本当に悪魔……なんですか？」

Illustration／KURO ROKURO

プラチナ文庫

Platinum Label

純喫茶あくま

椹野道流

"Junkissa Akuma"
presented by Michiru Fushino

ン出版

目次

※本作品の内容はすべてフィクションです。

一章　根無し草

あれは、まだ小学校に入ったばかりのある日のことだった。

騒がしい雑踏の中で、竹内澄哉《たけうちすみや》は遠い日の記憶をふとたぐり寄せた。

夕方、飼っていた犬を母親と一緒に散歩させていたとき、犬の首輪が抜けてしまい、大喜びで走って行く犬を、母子は必死で追いかけた。

幼い澄哉はすぐについていけなくなり、道端にしゃがみ込んで、犬を追う母親の背中を声も出せずに見送るしかなかった。

そんなとき、走り疲れて半泣きの澄哉に声をかけてくれたのは、偶然、門を閉じようと外に出てきた教会の神父だった。

澄哉から事情を聞いた神父は、母親の走って行った方向を聞くと、「わかった。お母さんは僕が追いかけるから、君は中で休んでいなさい」と言って、澄哉を教会の中へ誘《いざな》い、自分は小走りに去って行った。

澄哉は言われたとおり、おずおずと教会の中に入った。

小さな礼拝室の中には、誰もいなかった。

質素な木製の祭壇や大きな十字架、それに整然と並べられた机と椅子には、小学校の教室とはまったく違う厳かさがあり、澄哉は気圧《けお》されながら最後列の椅子に腰を下ろした。

室内は涼しく、静かに座っていると呼吸が整い、汗が引いていく。

ふと顔を上げたとき、少年は息を呑《の》んだ。

壁面のステンドグラスに西日が差して、嵌《は》め込まれたガラス片のすべてが眩《まばゆ》く輝いていたのである。

ステンドグラスは決して立派なものではなかった。意匠もごく単純な幾何学模様で、あるいは信者の誰かが趣味で作ったものだったのかもしれない。

それでも、突然万華鏡の中に飛び込んだような、色の渦に飲み込まれるような衝撃を、今も目を閉じればありありと思い出すことができる。

赤、緑、青、黄色、紫、茶色……。

今、澄哉の目の前にある世界にも、そうした色が渦巻いている。

しかしそれは、ステンドグラスのように神々しく澄んだ色ではなく、毒を含み、濁った色彩の暴力だった。

色だけではない。

いかがわしい店への客引きに勤しむ人々の声、パチンコ屋の自動ドアが開くたびに流れてくる歌謡曲、道を行き交う人々の話し声、すぐ近くの高架を通る電車の走行音……。

様々な音が空気を混ぜ返し、空きっ腹を抱えた澄哉の身体を骨から震わせるようだ。

「ご主人様、お疲れみたいですけど。お店にお帰りになりませんかぁ？」

「……ッ!?」

急に背後から舌っ足らずの甘い声が聞こえたかと思うと、腕にそっと触れられ、ギョッとした澄哉は相手の手を振り払い、飛び退《すさ》った。

「きゃっ」

人見知りで、他人に触られるのが苦手な澄哉にとっては、生理的嫌悪感から来る反射的な行為だったのだが、甲高い悲鳴に罪悪感がこみ上げる。

目の前には、ピンク色のメイド服を着て、髪を高い位置でツインテールにした可愛《かわい》らしい……しかしよく見れば二十歳は余裕で超えているであろう女性が立っていた。

考えるまでもなく、メイド喫茶の客引きをしている店員だろう。

澄哉があまりにも過敏な反応を示したので、彼女は戸惑った様子で両手を口に当てていた。澄哉は慌てて謝った。

「す、すみません。何かご用でしょうか」

「……べつに、何でも」

誘ってもメイド喫茶に来るような相手ではないと悟ったのか、あるいは暴力的な人間だとでも思ったのか、女性は小さくかぶりを振ると、小走りで澄哉から離れた。

「……はあ……」

悪いことをしたと思いつつ、澄哉は溜《た》め息をつき、ビルの合間から見える曇り空を見上げた。

(どうして、こんなことになったんだろう。僕は、いったいどこで道を外れてしまったんだろう。……いや、そんなことは、考えるまでもないか)

ステンドグラスに魅せられ、それからずっと地元教会の日曜学校に通っていた澄哉は、中学生のときに母親を、高校生のときに父親を相次いで失った。

そんなとき、ずっと支え、寄り添い、話を聞いてくれた神父のようになりたいと願い、洗礼を受けて、大学の神学部に進んだ。

卒業後も、澄哉の気持ちは変わらなかった。

かつて大切な家族を失った悲しみや苦しみ、何故自分だけがという憤りを、祈りや教会の人々の支えが少しずつ癒してくれた。

同じように、自分も、たとえささやかでも誰かの支えになりたい。そんな思いで、彼はごく自然な流れで教会に入り、祈りと奉仕の人生を歩み始めた。

幼い頃から教会に通い続けた彼だけに、近い将来、叙階を受けて司祭となるであろうことは、誰の目にも明らかだった。

それなのに昨夜、彼はみずから、聖職者としての生活を捨てたのだ。

(僕は取り返しのつかない罪を犯した。だからもう、あの場所には戻れない。もう、神の僕《しもべ》でいる資格がないんだ……)

寝起きしていた司祭館の自室の机の上に、幼い頃からずっと慕っていた神父から、洗礼を受けたときに贈られた聖書とロザリオを置いてきた。

身体の一部を引きちぎられるような痛みを覚えることだったが、許されざる罪を犯した自分に、そうした清らかなものを持つ資格など、もはやない。

これからどうして生きていくべきだろう。

どうやって、自分の大きすぎる罪を償《つぐな》えばいいのだろう。いや、そもそも償うことなどできるのだろうか。

ほんの僅《わず》かな身の回りの品だけを持って司祭館を出てから、澄哉はずっとそれを考え続けていた。

簡単に答えが出る問題ではないことはわかっている。

まずは、神に守られた場所を出て、この街でみずからの生きる場所を見つけ、日々の糧《かて》を得る職を探さなくてはならない。

どんなにつらくても、苦しくても、自殺などという方法で罪から逃げることは許されない。それだけは、司祭館を出るとき、肝に銘じていた。

(だからこそ……)

次第に暮れてゆく街の中で、澄哉は両の手のひらに視線を落とした。

教会を去ってたった一日で、彼の手のひらはマメだらけになり、指も手の甲も、あちこち傷ついていた。

もともと個人的な財産などほとんど持ちあわせていなかったので、ほぼ無一文で司祭館を出た彼は、とりあえず向かった電車の駅で、無料のアルバイトマガジンを手に入れた。

そこで見つけたのは、一日限りのイベント会場設営のアルバイトだった。

日中、一生懸命働いてどうにか数千円の現金を手にしたものの、宿に泊まればたちまちかき消えてしまう金額だ。

もっと安く、朝までせめて座って休めるところはないだろうかと繁華街に出て来たものの、こういう場所にはとんと縁のない生活を送ってきた澄哉には、極彩色に彩られた街並みが空恐ろしくて、どの店にも入る度胸がない。

思いきって入ろうとしたファーストフードの店すら、タイミング悪く学校帰りの高校生で満員で、あまりの騒がしさに何も買わずに逃げ出してしまった。

(もっと、静かなところはないかな)

ぼんやりと周囲を見回していると、今度は派手なジャンパー姿の若い男が近づいて来て、料理の写真と大きな字が散りばめられたチラシを差し出してきた。

「お兄さん、さっきから入るとこ迷ってるみたいだけど、よかったらどう？　ワンドリンクに三品頼んでくれたら、お一人でも個室ありますよ！　それともあれかな、女の子が膝枕で耳掃除とかしてくれる店のほうがいいですかね？　そっちもお世話できますけど」

「え……い、いえ」

「ああ、ボッタクリもこの辺には多いけど、僕が紹介する店なら安心ですよぉ。可愛い子も多いし。ＪＫがいい？　それとも熟女かな？　この時間帯なら、よりどりみどりだよ」

澄哉がたじろいでも、男はぐいぐいと鼻先にチラシを突きつけてくる。

「け、け、結構ですッ」

まるで商品のように女性を語る男に言い様のない恐ろしさを感じ、澄哉は悲鳴に近い声を上げると、闇雲に駆け出した。

もう一秒も、この恐ろしい場所にはいたくなくて、とにかく駆けた。喉から上がってくる息が熱く、血の味がするようになっても、足を止めることができなかった。

とはいえ、半日身体を酷使した後では、残された体力には限りがある。息が切れ、足がもつれてとうとう立ち止まったとき、辺りはかなり暗くなっていた。

「はあ、はあ、はあ……っ、ここ、どこだろ」

辺りは白々とした外灯に照らされてはいるものの、あの賑《にぎ》やかな音楽や騒音は聞こえなかった。人影も、周囲にごくまばらだ。

どうやら何も考えず走るうち、いわゆるオフィス街に迷い込んでしまったらしい。

大きくてモダンなビルが建ち並び、澄哉ですらよく知っている有名企業の名前がいくつも見てとれる。

行き交う人々はスーツ姿が多く、皆、足早に歩いていく。仕事を終えて、家路を辿《たど》るべく電車の駅へ向かっているのだろう。

ひとまず静かな場所に来られたことにホッとして、澄哉はフラフラとビルの前の植え込みに近づき、コンクリートの縁に腰を下ろした。呼吸が平常に戻るのをじっと待ちつつ、これからのことを考える。

(店……なさそうだな)

大木のようにビルが建ち並ぶ界隈《かいわい》には、飲食店らしきものは見当たらない。

さっきはどこにも入る勇気がなくて困っていたが、今度は入るべき店が存在しなくなってしまった。どうにも、事態が好転しているようには思えない。

「困ったな」

澄哉は周囲を見回した。

道行く人々は、チェックのコットンシャツにジーンズというラフな格好でボストンバッグを足元に置いた澄哉を、幾分怪訝《けげん》そうに見ながら通り過ぎていく。

実年齢より若く見られることが多いとはいえ、二十六ともなればさすがに家出少年だとは思われていないだろうが、さりとてオフィスワーカーにも見えず、場違いなことこの上ないのだろう。

ハッと気付くと、背後のビルから守衛が出てきて、胡散臭《うさん》そうに澄哉のほうを見ている。

ここに長居することは許されないようだ。

（どっか行かなきゃ）

追い立てられるように、澄哉は立ち上がった。バッグの紐《ひも》を肩に掛け、重い足を引きずって歩き始める。

ビルの谷間を、ただ途方に暮れてあてどなく歩くうち、とうとうとっぷりと日が暮れてしまった。

（まずいな。このままじゃ野宿だよ……っていうか、野宿する場所も見つけられないかもしれない）

以前、教会の活動で駅前や公園で暮らすホームレスを慰問して回ったとき、野宿するにも彼ら独自のローカルルールがあり、縄張りが存在するのだと聞いたことがある。

そうしたルールを知らない自分が勝手に場所を見繕って野宿しようとしたら、とんだトラブルに巻き込まれないとも限らない。

怪我《けが》程度ならまだいいが、万が一、命を落とすようなことがあれば、きっと役所の記録を辿り、教会に連絡が行くだろう。あの善良な人々に、これ以上の迷惑をかけるわけにはいかない。

「どうしよう……」

とぼとぼと歩き続けていると、ふと、目の前に不思議な光景が開けた。

夜の闇の中、外灯の光に白々と照らされる高層ビルの間に何故か、ごく普通の……いや、普通以上に古びた一軒家が建っているのだ。

その二階建ての小さな家は、実に不思議な和洋折衷建築だった。

屋根はよくある青みがかった瓦葺《ぶ》きなのだが、一階部分は昔懐かしい磨《す》りガラスの引き戸と格子窓が並ぶ昭和《しょうわ》の和風建築、一方で二階部分は白い板壁に、深緑色に塗られた縦長の上げ下げ式の窓が嵌め込まれている。

まさに、一階は日本、二階はヨーロッパの住宅を組み合わせたようで、実にちぐはぐなはずなのに、それが奇妙な調和を保っているのが不思議である。

「何だろ、この家」

ビルの窓から見える寒々しい蛍光灯の光と違って、その家の中から漏れる光は象牙色がかって温かい。その家庭じみた温かみに誘われるように、澄哉は半ば無意識に、謎の家の前に立った。

どうやら、ここはただの一般住宅ではないらしい。磨りガラスなので家の中は見えないが、辺りにはやたらいい匂い……タマネギをバターで炒《いた》める匂いが漂っていて、引き戸の横には、いかにも手作りらしい木製のプレートが下がっていた。

(もしかしたら、食べ物屋さんかな。定食屋とか……?)

クラシックなランプのような形の門灯に照らされたプレートをよく見ようと澄哉は引き戸の前に立ち、そして目をまん丸にした。

そこに書かれていたのは、店名と営業時間だったのだが……。

「純喫茶……あ、く、ま?　えっ?」

あまりにも奇抜な店名に、澄哉は思わずプレートを二度見した。しかしそこには確かに、「純喫茶あくま」と実に個性的な筆跡で手書きされている。

「あくまって、悪魔のことなのかな」

他に「あくま」と読む単語を考えてみようとしたが、一つも思い浮かばない。

神父の道を捨てた自分にとって、これ以上ふさわしい店名はないように思われて、澄哉の顔に自嘲めいた笑みが浮かぶ。

(開店　PM五時頃、閉店　AM五時頃……か。ここなら、何とか朝まで過ごせそうだ)

繁華街の店に入るよりは、この怪しげな喫茶店のほうが、まだ敷居が低そうだ。というか、見た目は若干不思議な感じでも、純喫茶とわざわざ掲げている以上、中はきっと普通の喫茶店に違いない。

店頭にメニューがないので価格帯がわからないのが不安だったが、とにかく、歩き回って足が棒のようだ。

座って休みたい一心で、澄哉は引き戸を開けてみた。

よく手入れされているのだろう。カラカラと思ったよりずっと軽やかな音を立てて引き戸はレールの上を滑った。

「…………」

入り口に立って店内を見回した澄哉は、軽いタイムスリップをしたような気分になって立ち尽くした。

店内を照らす明るすぎず暗すぎずの絶妙な光の源は、天井からいくつか下がった照明である。マッシュルームを思わせるフォルムのオレンジ色のプラスチックシェードは、安っぽさよりも不思議な懐かしさを感じさせる。

その下に配置されたテーブルや椅子は、いわゆるミッドセンチュリーと呼ばれるタイプのシンプルなデザインで、床は無垢の板張りだった。

漆喰《しっくい》塗りの壁も、彫り跡が残る濃いブラウンの素朴な柱も、木製のコート掛けも、つやつやした木製のカウンターも、何もかもが古き良き「昭和」を感じさせる。

店内には六つテーブルがあったが、先客は一組、二人だけだった。

「えっと……」

どこに座ればいいのだろうと澄哉がキョロキョロしていると、カウンターの中にいた長身の男が、「いらっしゃい」とひと言かけてきた。

低く落ちついた声で、幾分ぶっきらぼうではあったが、小さく頷《うなず》いてみせたのは、「好きなところに座れ」という意味だろう。

昔から隅っこが落ちつく澄哉は、格子窓にくっついた二人掛けのテーブルを選んだ。

（うわっ、存在は知ってたけど、初めて見たよこんなの）

合板のつるんとしたテーブルの上には、何ともあっさりしたデザインの塩・胡椒《こしょう》入れとシュガーポットに加え、星占いのディスペンサーが置いてあった。

プラスチックの小さなドームの周囲に十二星座のマークが描かれており、自分の星座の上にあるスロットから百円硬貨を入れてレバーを動かすと小さな巻物状の占いが出てくるという、何ともレトロなガジェットである。どのテーブルにも置いてあるところをみると、まだ現役なのだろう。

（凄《すご》いな。……いやいや、今は駄目だ）

この先の運命をおみくじで占ってみたいという誘惑にかられたものの、手持ちの所持金の乏しさを考えれば、今は一円でも粗末にできない身の上だ。

ディスペンサーを元に戻したところで、テーブルの上に影が落ちた。さっきの店員の男が、ステンレスのトレイを手にテーブルの前に立っていたのである。

男は澄哉のテーブルに水のグラスを置くと、何も言わず、ただ僅かに首を傾《かし》げた。

「す、すみません。すぐ決めます」

注文を待っているのは明らかなので、澄哉は慌ててペラリと一枚、ラミネート加工された手書きのメニューに手を伸ばした。

全速力で眼球を動かし、メニューと値段に目を走らせる。

「ええ……っと」

やや太めの線で書かれた独特の四角い文字が並ぶメニューを見るだけで、みぞおちがギュッと締め付けられるように苦しい。

ここ数日はあれこれと悩んでまったく食欲がなく、今日に至っては水しか飲んでいなかったので、空きっ腹にもほどがある状態だ。胃液が噴き出すというのはこういう感覚かと、澄哉は人生初の深刻な飢餓感を味わった。

ミックスサンドイッチ、クリームソーダ、ホットケーキ、ナポリタンスパゲティ、ピザトースト……どれもこれも皆、字面を追うだけで料理の姿が目の前に浮かび、口の中に唾《つば》が溢《あふ》れてくる。

マッチ売りの少女のように、いつの間にか放心状態になってしまっていたのだろう。男が小さく身じろぎした衣擦《きぬず》れの音で、澄哉はハッと我に返った。

「あああ、お待たせしてすみません」

「……いや」

男は決して苛立《いらだ》ったり、急かしたりする様子は見せない。ただ、じっと立っているだけだ。とはいえ決してにこやかな表情はしていないので、澄哉は勝手に大慌てしてしまう。

「あのっ、この店で、いちばん安いメニューって……あ、食べ物で」

「トースト、二百円」

男は即答した。愛想の欠片もないフラットな口調だが、実に耳に心地よい声をしている。

(教会で聖書を読んだら、きっとよく通るんだろうな、この人の声)

そんなことをつい考えてしまった自分を苦々しく思いつつ、澄哉はほんの少し悩んで、

「じゃあ、トーストをお願いします」と言った。

「他には?」

「……いえ、いいです」

きっと普通は、トーストと一緒に飲み物を注文するものなのだろう。だが、今の澄哉の懐具合では、そんな贅沢《ぜいたく》は許されない。

いたたまれない思いで澄哉は身を縮こめたが、男はべつに不満そうでもなく、小さく頷いてカウンターの内側へ戻っていった。

「はあ……」

ひとまず、かなり出費を抑えて落ち着ける場所を確保できたことに安心して、澄哉は深い溜め息をついた。

ふと気を緩めた途端、喉がカラカラになっていることに気付く。

手を伸ばしたグラスは無機質なデザインだったが、親指が当たるあたりに一周浅い凹《へこ》みがあって、不思議なくらい手に馴染《なじ》んだ。

ごくごくと一息に水を飲み干し、澄哉は思わず「美味《おい》しい」と小さな声を漏《も》らした。ただの水道水と思いきや、ちゃんと浄水器を通しているのだろう、雑味のない冷たい水には、うっすらと柑橘《かんきつ》類の風味がついていた。

(レモンかな。でもなんだかちょっと違うみたいだけど)

グラスをテーブルに戻して、柑橘類の正体に思いを巡らせていると、男が再びトレイを手に戻ってきた。

彼は無言で、澄哉の前に楕円《だえん》形のバスケットを置いた。柳の細い枝で編まれた、喫茶店でよく見かけるものだ。

浅いバスケットの中には薄紙を敷き、その上にやや斜め半分に切った分厚いトーストが軽く交叉《こうさ》するように置かれていた。脇には、給食でよく見る銀紙に包まれたバターと、小さなガラスの器にたっぷりの苺《いちご》ジャムが添えられている。

「ごゆっくり」

実に儀礼的な言葉を口にして、男はいったん引き上げたが、すぐに戻ってきて、グラスに再び水を満たしてくれた。

この水には何が入っているのですかと訊《たず》ねてみたかったが、男がニコリともしないのでどうにも話しかけがたく、澄哉はただ小さく頭を下げただけだった。男も目礼を返し、澄哉に背中を向ける。

男の革靴の足音がやけに響いて聞こえるほど、静かな店だ。かといって無音ではなく、ごく抑えたボリュームでクラシック音楽が流れている。見れば、カウンターの隅に今どき珍しいレコードプレイヤーが置いてあった。

(音楽にこだわりのある店なのかな。そのわりに、あんまり大きな音では流してないけど)

快い旋律を楽しみながら、澄哉はトーストに視線を落とした。

驚くほど分厚いトーストは、こんがりと見事なきつね色に焼けていた。

半分をバターだけ、もう半分をバターとジャムをつけて食べることに決めて、澄哉は切ない声を上げる胃を宥《なだ》めながら、できるだけゆっくりバターを塗った。

熱々のトーストに触れたところから、乳白色のバターがゆっくりと黄色に変じ、とろりと溶けてパンに染みていく。香ばしいトーストの香りに、まろやかなバターの香りが混じって、視覚にも嗅覚にもたまらない。

(いい匂いだ……！)

他に行き場所がない以上、このトーストだけで、できるだけ長く粘らなくてはならないのだ。胃は切ない声を上げ、早く食べたい、ガツガツむさぼりたいとせがむが、それでは具合が悪い。

(小さな一口ずつ。で、一口を百回噛《か》もう)

そんな悲愴《ひそう》な決意で、澄哉はトーストを口に運んだ。

さくっと歯触りのいい焼き目のついた部分と、ふんわりと雲のように軽い内側の白い部分。食感を楽しんだ後には、豊かなバターの風味が口に広がる。

耳の部分のしっかりした噛み応えと香ばしさは、目を見張るほどだった。

「美味しい……」

そんなシンプルな感嘆の声を漏らし、澄哉はしげしげとトーストを凝視した。

よく見ると、トーストは裏も表もまったくむらなく焼けている。普通にトースターに放り込んだだけでは、決してここまで美しく焼き上がることはないだろう。

(たぶん、何度もトースターの中を覗《のぞ》いて、食パンの向きを変えながら焼いてるんだ。凄く丁寧だな)

しかも、品のいい白い陶器の器に気前よく盛られた苺ジャムも、既製品ではないようだ。市販のジャムよりずっとみずみずしく、苺の粒がしっかりと残っている。

(あの人が、料理もしてるんだろうか)

興味をそそられてカウンターのほうを見れば、男は軽く俯《うつむ》き、野菜でも刻んでいるようだった。カウンターがあるので手元は見えないが、規則的に動く腕を見ていると、キャベツを千切りにしているのかもしれない。

よく見ると、男は恐ろしく色白で、整った顔立ちをしていた。まだ三十路半ばくらいだろうか、哲学者を思わせるどこか物憂げな表情が印象的だった。

少し長めの黒髪をうなじで結んでいて、ノーネクタイではあるがパリッとした白いワイシャツの袖を肘までまくり上げ、ブラックジーンズを穿《は》いている。その上から身につけているのは、シンプルなカーキ色のエプロンだった。

料理の手を止めて、サイフォンで淹《い》れたコーヒーをカップに注ぎ、客席に運ぶ。またカウンターに戻って、静かにサイフォンを洗う。

男の動きにはまったく無駄がなく、澄哉はトーストをもぐもぐ咀嚼《そしゃく》しながら、つい見とれてしまった。

強すぎる視線に気付いたのか、男はサイフォンを拭《ふ》き上げながら、ふと顔を上げた。矢のように鋭い目つきで、迷いなく澄哉の顔を射貫く。

「！」

澄哉は慌てて目を伏せ、もう一口トーストを齧《かじ》った。

（しまった。失礼なことしちゃった）

反省して項垂《うなだ》れていると、男がカウンターから出て、こちらへ向かって来る足元が見えた。

（あ、もしかして……）

追加オーダーがしたくてアイコンタクトをはかっていたのだと思われたかもしれない。

どうしたものかと、澄哉は冷や汗を掻《か》く思いでそのまま固まった。

しかし実際は、男は無言で再びグラスの水を満たしてくれただけだった。もうひとつのテーブルにも水を注ぎに行き、男は再びカウンターへと去って行く。

（あの人、ひとりでやってるのに、凄く手際がいいな）

ホッと安堵《あんど》してトーストをまた一口頬張り、澄哉は手元を見て「あっ」と小さな声を上げた。

あまりにも空腹だった上、丁寧に焼かれたトーストが予想以上に美味しかったせいで、あっという間に半分を平らげてしまっていたのだ。

（ゆっくり食べるって決めたのに。何してるんだよ、僕は）

だが、久しぶりの食べ物を迎え入れた胃は、もっと食べたいと歓喜の声を上げている。

しかもバスケットの中には、まだ手つかずの、見るからに美味しそうな苺ジャムが残っているのだ。

まるで遠くから抗《あらが》えない力に操られてでもいるように、澄哉は再びバターナイフを手にした。そしてたっぷりと苺ジャムを掬《すく》うと、もっと間を空けろという理性を無視して、残ったもう一切れに載せ、そこだけはかろうじてゆっくりと、口に運んだのだった。

「……ふう」

十数分後、空っぽになったバスケットを見下ろし、澄哉は満足げに息を吐いた。

想像したとおり甘さは控えめ、さらにおそらくはレモン果汁で爽《さわ》やかな酸味を加えた苺ジャムは新鮮な味わいで、生の苺とジャムのいいところを合わせたようだった。

最後はパンの耳部分で容器の内壁にくっついた分まで拭き取って食べたため、今、バスケットにコロンと残されたジャムの容器は、舐《な》めたようにピカピカになっている。

食べ終えてしばらくすると男がバスケットを下げに来たが、彼はその後すぐ、また水を注いでくれた。

言葉はなかったが、急いで店を出る必要はないと言ってもらったようで、澄哉はホッと胸を撫で下ろし、椅子の背にゆったりともたれた。これといってすることもないので、今度は不躾《ぶしつけ》にならないように注意して、店内を観察する。

やはり店内に流れる音楽は、ＬＰ盤の音を、店内二箇所に置かれたこれまたクラシックな木製のスピーカーから流しているようだ。時折、男がレコードを交換している。

マガジンラックには新聞や雑誌が置かれていて、客が自由に読めるようになっていたが、席を立つ体力も文字を追う気力も残っていなかった澄哉は、それをスルーした。

ただ疲れ果てた身体を休め、ぼんやりと音楽に耳を傾ける。

許される限り長い間、そうしていようと澄哉は思っていた。

ところが、若い男性である澄哉の空腹は、どだいトースト一枚で宥められるものではなかった。腹がくちくなったと思ったのはほんの短時間で、あのトーストが呼び水になったのか、余計に腹が減ってきた。

しかも、店には満員になるほどではないにせよ、ひっきりなしに客が入り、彼らがオーダーした美味しそうな食事が、次々とあの男によって運ばれていく。どうやら他に従業員はいないようで、調理も接客も会計も、すべてひとりでこなしている。

男が料理を載せたトレイを持ってカウンターから出てくるたび、澄哉はついその姿を目で追ってしまう。

カツカレー、海老ピラフ、ピザトースト……どれもいい匂いと素晴らしい見た目の料理ばかりで、口の中につばがいっぱいに湧き上がった。

（僕はなんて浅ましいんだ……！）

罪悪感に打ちのめされて教会を出たというのに、ものの一日で疲労困憊《こんぱい》し、今、食べ物に対する欲望に心が占領されてしまっている。

そんな自分への激しい嫌悪がこみ上げ、澄哉はギュッと目をつぶった。

見てはいけない。食べ物のことなど、もう考えるな。

必死で自分に言い聞かせていると、急速に瞼《まぶた》が重くなってきた。

新たな危機である。

リラックスした体勢で視覚を閉ざしたせいで、どっと疲れと眠気が押し寄せてきたのだ。

いくら長居を許されたからといって、店で寝るのはあまりにも店主に失礼だとわかってはいる。

しかし、頬を叩《たた》いたり、手の甲をつねったり、どうにか耐えようと奮闘していたつもりで……どうやらいつの間にか、テーブルに突っ伏して眠り込んでしまっていたらしい。

とても、温かな夢を見ていた気がするが、内容は思い出せない。

ただ、いちばん深い眠りから、ほんの一段覚醒に近づいたあたりを気持ちよくたゆたっていた澄哉の脳は、とてつもなく芳《かぐわ》しく複雑な匂いを嗅ぎつけていた。

甘く、それでいて少しスパイシーなトマト。

表面が軽くカラメライズするまで、バターでしっかり炒めたタマネギ。

夏草のような青臭さをほんのり漂わせるピーマン。

そして、何よりも胃腸に訴えかけてくるのは、こんがり焼き上げたソーセージだ。

それらすべての匂いが組み合わさって、ある一つの食べ物に到達する……。

「ナポリタン……」

譫言《うわごと》のように呟《つぶや》いて、澄哉はうっすら目を開いた。

覚醒しても、夢の中で嗅いだ匂いは、彼の周りを薄雲のように漂っている。

（ああ……やっぱり、ナポリタンスパゲティだ……）

幸せな香りに包まれ、澄哉はうっすら微笑んだ。と、自分の頰が重ねた手の甲の上にベッタリ乗っていることに……つまり、自分が実に大っぴらに眠ってしまっていたことに気付く。

（しまった！）

急に、柔らかな綿のようだった眠気が吹き飛んだ。ガバッと頭を起こした澄哉は、その瞬間に視界に飛び込んできたものに、今度は驚きの声を上げた。

「うわッ!?」

いったい、何故そんなことになっているのかはわからない。

だが、彼の向かいの椅子には、店を切り盛りしているあの男が腰掛け、そして本当にもぐもぐとナポリタンスパゲティを食べているのである。

「な……な、何……？」

事情が飲み込めず、澄哉は愕然《がくぜん》としたまま店の中を見回した。

もう、客は誰もいない。

そして、格子戸の向こうは、うっすら明るくなりつつあった。

どうやら澄哉は、自分が思っていたよりずっと長く、ここで眠っていたらしい。

「す……す、す、すみません、僕ッ」

狼狽《うろた》えて腰を浮かせ掛けた澄哉に、男は無表情に言った。

「もう、店は閉めた。今さら急ぐこともなかろう。会計をしてほしいなら構わないが、俺が食い終わるまで待て」

それは店主が客に対してすべき言葉使いではなかったが、狼狽《ろうばい》しきった澄哉にそんなことに気付く余裕などあろうはずもない。

「あ……し、失礼、しました。待ちます。勿論、待ちます」

そう言って、背筋をシャンと伸ばして座り直す。

店を閉めたということは、もう午前五時を過ぎているのだろう。

営業を終えた店主が、夜食だか朝食だかはよくわからないが、とにかくまかないを摂ろうと思うのは当然のことだと思う。

ただ、何故それをここで、自分と差し向かいで食べているのかが理解できず、澄哉はただ混乱するばかりだった。

男はそんな澄哉をよそに、澄ました顔でフォークにくるくるとやや太めのスパゲティを巻き付け、口に運んだ。

実にエレガントな食べ方だ。

輪切りにしたソーセージや、缶詰のものとおぼしきマッシュルームを選んでフォークで突き刺して食べたり、またスパゲティで色々な具を絡めて食べたり。

（何だ……？　どうしてこの人、僕の前で食事をしてるんだろう。っていうか、ナポリタンって、こんなに美味しそうな食べ物だっけ）

教会に入ってからは、食事はほぼ三食、皆で交代に食事当番を務め、一緒に食べていた。喫茶店で食事をする機会はなかったので、ナポリタンスパゲティなど久しく食べていない。

知識として記憶の中に残っているものより、男が食べている目の前のナポリタンスパゲティは、百倍も千倍も旨《うま》そうに見えた。

半分ほど食べ終えた男は、ほんの少し、まるで鮮血のようにケチャップのついた薄い唇をちろりと舌先で舐め、それから鋭い目で澄哉を見た。

澄哉は、男に見られていることには気付かなかった。

その視線は、まっすぐナポリタンスパゲティに注がれている。

右手が、無意識のうちにみぞおちにあてがわれた。

目に映る何もかもが旨そうで、食べたくて、でも今日の仕事が保証されていない以上、そんなものを注文する贅沢は許されていないわけで、そもそも既に閉店しているのだから、目の前のものと同じナポリタンスパゲティを食べられるチャンスは今のところ皆無なわけで……そうした思いが千々に乱れて頭の中を渦巻き、そこに耐えがたい空腹が加わり……。

唐突に、澄哉の両目がじわっと潤んだ。みるみるうちに盛り上がった涙は、瞼から零《こぼ》れ、テーブルにぽたりと落ちて小さな水たまりを二つ作る。

「えっ……!?」

突然の落涙に、誰よりも澄哉自身が驚いてのけぞった。

咄嗟《とっさ》にシャツの袖で涙を拭《ぬぐ》うが、あとからあとから溢れる涙はどうにも止まらず、とう、喉までひっく、と情けない嗚咽《おえつ》を漏らし始める。

「あ……ごめんなさい、ど、どうしよう、僕」

それまでずっと無言、無表情だった男は、そこで初めて軽い驚きの表情を浮かべた。

だが、何故か澄哉の泣き顔をじっと見ていた男の口角が、じわりと上がっていく。

「……その反応、気に入った」

ボソリと言うなり、男はフォークを置き、すっくと立ち上がった。

「えっ？」

どうしても涙が止められず、子供のようにしゃくり上げながら、澄哉は男の、理知的なのにどこか獰猛《どうもう》に見える笑顔を見上げる。

男はそのままカウンターに入っていき、そしてもう一枚、皿を持って戻ってきた。

澄哉の前に置かれたのは、男が食べているのとそっくり同じ、ナポリタンスパゲティである。

皿の脇には、ペーパーナプキンに包まれたフォーク、粉チーズ、タバスコと、必要だと思われるものがズラリと並べられる。

「あの、あの……？」

喉から手が出るほど食べたいものを前に置かれても、獣ではないので、さすがにすぐに手をつけるわけにはいかない。澄哉は、ナポリタンスパゲティと男の顔を何度も見比べ、ただ困惑するばかりである。

「腹が減っているのはわかっていたが、まさか大の男が泣くとは思わなかった」

「あ……」

羞恥心がこみ上げ、頬が熱くなる。思わず両手でジーンズの膝を握り締め、俯く澄哉に、男は淡々と言った。

「だが、その感情の動きは、素直でいい。苦しみ、絶望、悲しみ、憤り、喜び、羞恥、屈辱……お前はすべての感情を隠さず垂れ流しにするところが実にいい。それは俺の奢《おご》りだ。食え」

「…………？」

澄哉はゆっくりと顔を上げ、男を見た。

男は涼しい顔で、淡く笑っている。それは決して、善意に満ちた温かな笑顔などではなかった。

それよりは、奇妙なたとえではあるが、ネズミの玩具で遊ぶ猫のような表情に見える。

男の言葉の意味はよくわからないし、澄哉が空腹なのを承知の上で、彼の目の前で旨そうなものを見せつけつつ食べるという彼の行為は、どうにも悪趣味に思えた。

だから澄哉は、忍耐とプライドを総動員して、「いえ、結構です」と言った。

「ほう？」

男は更に面白そうに、テーブルに片手で頬杖《ほおづえ》をつく。澄哉は、やや憤然としてこう言った。

「寝るなんて失礼なことをして、ご迷惑をおかけしたことは謝ります。お金……あんまりないですけど、その分、余分にお支払いします。だけど、僕、こんな風にご馳走《ちそう》して頂く理由がないので、申し訳ないんですがいただけません。ごめんなさい」

ペコリと頭を下げ、今度こそ澄哉は立ち上がった。だが男は、怪しい上目遣いで澄哉を見て、こう言った。

「ますます気に入った。では、迷惑料として、食えと言おうか」

「え……？」

思わぬ言葉に、身体から力が抜ける。ストンと再び腰掛けた澄哉に、男はこう続けた。

「見たとおり、この店は俺がひとりでやっている。まかないも、いつも一人で食う。たまには、客でない誰かが共に飯を食うのも悪くない」

「……はあ」

「何時間も眠りこけ、俺に迷惑をかけたという自覚があるなら、俺の望みを聞いて、まかないくらい一緒に食っていけばどうだ？」

「それ……本当に、そう望んでくださっているんですか？」

「嘘をついて、俺に何の得がある」

そう言うと、男は頬杖から顎を上げ、再びフォークを手にした。

（そうか！　この人、僕をちょっとからかっただけで、きっとホントはいい人なんだ）

澄哉は、さっき少し腹を立てた自分を恥じた。

おそらく、最初からまかないを澄哉にも食べさせてくれるつもりで、男はナポリタンスパゲティを多めに作っていたのだろう。だが、あまりにも厚かましく寝入った澄哉をこらしめるために、あんな意地悪をしたに違いない。

（僕、ホントにご迷惑をおかけしたのに、優しくしてもらって……恥ずかしいな）

これ以上、男の厚意を無にしないためにも、ここはありがたく出された料理を食べ、恩返しの方法をきちんと考えるべきだ。

そう思い直し、澄哉は男に深々と一礼した。

「ありがとうございます。あの……お言葉に甘えて、いただきます」

「冷めないうちに、早く食え」

男は無愛想な口調でそう言い、自分もスパゲティを口にした。

もう一度いただきますと言ってから、澄哉は昔懐かしい包み紙を解いてフォークを持ち、ケチャップをたっぷりまとったスパゲティを巻き付けた。

男の視線を感じ、軽く緊張しながら頬張る。

咀嚼するまでもなく、感嘆の声が思わず漏れた。

「美味しい……！」

トーストのときも感じたが、男の作る料理は、実に丁寧に仕上げられていた。

すべての食材がちょうどいい火の通し方をされ、しっかり焼き付けたケチャップは、とろりと濃厚にスパゲティに絡んでいる。

咀嚼すると、強火で炒めたタマネギはシャッキリした歯ごたえを残しており、その甘さをブラックペッパーのピリッとした辛みが引き締めている。

ピーマンはごく細く切られているので強い味が前に出ることはなく、単体では頼りない缶詰のマッシュルームの柔らかな食感も、他の食材と合わせると心地よい。

仕上げに加えたのか、バターの風味がすべてを優しく包み込んでいる。

「僕、こんなに美味しいナポリタンを食べたの、初めてです」

「空腹は何よりの調味料だと言うからな」

男は皮肉っぽい口調で言ったが、澄哉はムキになってそれを否定した。

「そういうことじゃなくて！　本当に……こんなにちゃんと作ったナポリタン、見たことがないんです。さっきトーストを食べたときも、焼き加減にむらがないのに凄く驚きました。あの、プロの人に言うのは失礼ですけど、本当に料理が上手なんだなって」

素直な澄哉の賛辞に、男はさほど嬉しそうでもなく、「好きこそものの上手なれという諺《ことわざ》が、この国にはある」と言った。

「確かに……。やっぱり喫茶店を経営するからには、料理がお好きなんですよね」

いったん食べ始めると手を止めることができず、行儀が悪いと思いつつも、澄哉はもぐもぐと口を動かしながら言葉を返した。

男は自分のスパゲティを食べ終え、ペーパーナプキンで口元を拭きながら、やはり言葉を放り投げるようなぶっきらぼうな口調で答えた。

「そうだな。単純な食材を組み合わせて、最大限に旨いものを作る作業はなかなかに面白い。俺の腕をもってしても、毎回完璧に仕上がるわけでないのが、更に面白い」

（……随分、自信家なんだな。でも、こんなに美味しいものを作るんだから、自信を持っていて当然かも）

澄哉が感心していると、男は席を立ち、自分の皿を持ってカウンターへ行った。そこから何か作業をしつつ、澄哉に問いかけてくる。

「お前、名は何というんだ?」

澄哉はハッとして、口の中のものを水で喉に流し込んで答えた。

「返す返す、すみません。ご馳走になって、名乗ってもいませんでした。竹内澄哉といいます」

「どんな字を書く？」

「え？　えっと、植物の竹に内側の内、それに水が澄むの澄に、昔の『○○かな』って言うときの哉、です」

　すると男は、また面白そうにニヤッとした。

「なるほど。澄む哉……か。名は体を表す、だな。心の動きが丸見えなのも当然か」

「え？」

　独り言のような男の呟きが聞き取れず、澄哉は訊《き》き返そうとする。だが男は、まったく違う質問を投げかけた。

「見たところ、夜逃げか家出か、そんなものか？」

「ええっ？」

　突然、自分に行くあてがないことをかなり直裁的に言い当てられ、澄哉は面食らってフォークを持ったまま硬直する。

「どうして、そんなことを……」

「ここで毎日客を観察していれば、その程度のことはわかるようになる。見るからに途方に暮れて店に入ってきたろう」

「う……は、はい」

「トーストを食った後も、他の客の食べ物をやけに羨ましげに見ていた。だが何も追加注文しなかったところを見ると、空腹なのに懐具合が寂しいということになる」

「うっ……」

「そして、必死で耐えていたようだが、結局あれほど熟睡するところをみると、疲労困憊している上、横になって休める場所を持たないということだ」

名探偵ばりの推理を凛《りん》と通る声でさらさらと披露され、澄哉は恥じ入って項垂れるばかりである。

「仰《おっしゃ》るとおりです。僕、これまでやってた仕事を辞めて、寮も出てきたばかりで……元からあんまり、お金は持ってないんです。昨日は日雇いの仕事が見つかったんですけど、今日はどうだかわからないので、宿には泊まらずに朝まで起きてて、その後公園のベンチで少し寝ようと思ってたんです」

「だが、途中で力尽きたというわけか」

「……はい」

足音が戻ってきて、しょぼくれる澄哉の前に置かれたのは、コーヒーカップだった。

「面倒だからインスタントだが、味は悪くない」

そう言って男も自分の前にカップを置き、たっぷりスプーン一杯の砂糖とミルクをコーヒーに投入しながらボソリと言った。

「二階に、空き部屋がある」

「えっ？」

押しやられたシュガーポットに手を掛けたまま、澄哉はキョトンとした。男はニコリともせず淡々と話し続ける。

「べつに求人広告を出すほど困っているわけではないが、ひとりで店をやるのも飽きた。お前がいれば、少しは気分が変わるだろう」

信じられない思いで、澄哉は男の声を聞いていた。何故そんな気になったのかはさっぱりわからないが、どうやら彼は、澄哉を住み込み店員として雇おうとしているらしい。

澄哉は慌てて言った。

「あの、なんだか凄くありがたいことを言ってくださってる気がするんですけど」

「今のお前の境遇では、そうだろうな」

男はあっさり頷く。澄哉はますます調子が狂って、やけに強い口調で言った。

「だけど僕、ちゃんとした調理経験はないですよ？　素人の自炊当番くらいしかやったことがなくて」

だが男は、それに対しても実にシンプルに答えた。

「調理は俺がやる。お前はそれ以外をやればいい」

「あ……」

「三食食いたいなら三食賄《まかな》い付き、二階でいいなら一部屋貸してやる。小さな店だ、給料は胸を張るほど出す気はないが、総じて悪い条件ではあるまい。どうだ？」

澄哉は目を白黒させながら、頷きかけてなお躊躇《ためら》った。

「ありがたすぎて、どうしていいかわかりません。……本当に、いいんですか？」

「くどい」

ジロリと睨《にら》まれ、澄哉は机に額《ひたい》が当たるほど深く頭を下げた。

「すみません！　あ、ありがとうございます！　凄く……凄く、助かります。色々教えていただかなきゃいけないと思うんですけど、一生懸命働きます！」

すると男はコーヒーを一口飲み、満足げに頷いてからこう付け加えた。

「ただし、条件が一つだけある」

「何ですか？」

「今のとおり、やたら感じやすい人間で居続けることだ。そして俺の前で、感情を偽ったり、隠したりするな。いいな？」

「……は……はい。わかりました」

なんだかよくわからない条件ではあったが、澄哉は彼なりに考え、それはおそらく「仕事をするにあたっては感性を研ぎ澄まし、上司には正直であれ」という意味なのだろうと解釈して頷いた。

「よし。……ああ、まだ俺のほうが名乗っていなかったな。俺は、相馬《そうま》吾聞《あもん》。吾を聞くと書いて、『あもん』だ」

「ええと、相馬、さん？」

「吾聞でいい。相馬は、まあ、便宜上の名字みたいなものだ」

そう言うと、男……吾聞は、またあのニヤリとしたどこか怪しげな、肉食獣を思わせる笑顔でコーヒーカップを持ち上げた。そして、それを澄哉のほうに軽く掲げる。

澄哉が不思議そうに首を傾げると、吾聞はやけに楽しげな、猫科の猛獣が喉を鳴らすような声でこう言った。

「ならば、契約だ。ここで生活し、働き、俺を満足させると誓え」

「あっ、は、はい！　わかりました。よろしくお願いします！」

吾聞の意図にようやく気づき、澄哉は大急ぎで自分もコーヒーカップを掲げる。

これこそまさに「渡りに船」だと、澄哉は深い感謝を胸に刻んだ。

ところが一方の吾聞の顔には、どう見ても「飛んで火に入る夏の虫」というニュアンスの妖《あや》しい笑みが浮かんでいる。

しかし、その笑顔の意味にも、この店に入った瞬間から、自分の人生が大転換を遂げることにもまだ気付かず、澄哉ははにかんだ笑みを浮かべ、自分のカップを吾聞のカップに軽く当てたのだった……。

二章　伝えたいことが

柔らかいセミダブルベッドに、ふかふかの羽根枕。

これまで、こんなに広くて心地よい寝床で眠ったことはない。

目が覚めてもしばらく、澄哉はベッドから出たくないという気持ちになかなか打ち勝つことができずにいた。

ベッドサイドに置いてあった腕時計を見れば、時刻は午後一時を少し過ぎている。

教会に入ってからは早朝の礼拝を欠かしたことがなかったので、こんなにダイナミックな寝坊をしたのは学生時代以来だ。

(ああでも、あれから店の片付けを手伝って、すっかり明るくなってからベッドに入ったから……睡眠時間としてはそう長くないのか)

ヘトヘトになっていたにしては、目覚まし時計なしによく起きられたものだと思う。あるいは馴染みのない場所なので、眠りながらもどこか緊張していたのかもしれない。

（これからは、こんなふうに昼夜逆転した生活になるんだな）

手元に聖書もロザリオもなく、これからは朝夕の祈りもしない毎日を送るのだと改めて感じると、急に心細くなる。

犯した罪の重さに苦しみ、かといって同僚に懺悔《ざんげ》をして許しを乞う勇気もなく、みずから追放する体《てい》で教会を出た自分には、神を信じる資格すら残されていない。

縋《すが》るものがないという事実が、大きすぎる不安となって、澄哉に重くのし掛かっていた。

しかし、それでも前を向いて生きていかなくてはならないのだ。

生きて、償いの方法を必ず見つける。それしか、澄哉に選ぶ道はないのだ。

「駄目だ、自分でそうしようって決めて離れたものに執着するとか、最低だぞ」

片手でペシリと頰を叩き、澄哉は勢いづけてベッドに身を起こした。

改めて、自分をここに置いてくれた吾聞への感謝を噛みしめる。

（ホントに……救われたなあ）

今朝、風呂を使わせてもらってから、吾聞にこの部屋に案内された。

お礼を言い、おやすみなさいの挨拶をしたのは覚えているが、ひとりになるなり緊張の糸がぷつりと切れたらしい。そこからどうやってベッドに潜《もぐ》り込んだのかさえ思い出せない。

こんなにぐっすり眠ったのは、久しぶりだった。

ずっと抱えてきた悩みや苦しみがなくなったわけではないが、この空間には、不思議なくらい心が落ちつく空気が流れているような気がする。

（カーテンを引くのも忘れてたな）

すっかり明るい部屋で熟睡していた自分に呆《あき》れつつ、澄哉は部屋の中を見回した。

昨夜、外から見たとき、ヨーロッパの住宅のようだと感じた二階の一室は、やはりクラシックな洋室だった。

床は一階の店舗と同じ無垢の板張りで、天井からはシェードの一つ一つがグラジオラスの花に似た形の、上品で小さなシャンデリアが下がっている。

枕元に置かれたスタンドライトも、シェードが同じデザインだ。

家具は、装飾性がほとんどない木製の書き物机と椅子、天井近くまである本棚、そしてクローゼットとベッドサイドの小さなテーブルがあって、どれも木肌に見事なツヤがある。

壁も天井も漆喰塗りで白く、そこに小さな油絵が二点掛けてある。一枚はヨーロッパのどこからしき田園風景、もう一枚はテーブルの上にオレンジが三つ置かれている静物画だった。

（今朝、吾聞さんはここにひとり暮らしだって言ってたけど……。この部屋は、客間じゃないな。誰かが生活してた感じがする。ずっとひとり暮らしってわけじゃなかったのかも）目に映る何もかもに感じられる温もりは、前の住人のそうした品々への愛着が残っているからかもしれない。そんな気がして、澄哉は微笑んだ。

と、外から男二人が会話する声が微《かす》かに聞こえてくる。何となく気になって、澄哉はベッドを降り、裸足で床を踏んで、くだんの縦長の窓に歩み寄った。

『ここ、何故かランチやってねえんだよな。夜だけ営業とか、変な喫茶店だよ。そのせいでまだ、中に入ったことねえもん、俺。ホントに営業してんのかね。それに、変な店名。純喫茶あくま、だってさ』

『マジかよ？　ホントだ。すっげー名前だな。そういや課長が言ってたっけ。何年か前までは、ここ、フツーに朝から夕方までやってたらしいぜ。店名も違ったたって』

『へえ。店、変わったのか。今の経営者が変わり者なのかな』

『かもな。だって、考えてみろよ。昼間やってりゃ、ランチでそこそこ流行りそうなのに』

『だよなあ。ま、夜でも残業やら泊まり込みやらの連中には嬉しいかもだけど』

『俺らはそこまでじゃねえしな』

窓からチラリと覗いてみると、喋《しゃべ》っているのはおそらく近隣のビルのどこかで働いているのであろう、スーツ姿の若いサラリーマン二人だった。

去って行く二人の行く先には、弁当を移動販売する車両がズラリと停まっている小さな広場のようなスペースがある。

そういえば昨日、この界隈を歩いたとき、飲食店らしきものがここの他には見当たらなかった。

無論、大きな会社には社食くらいあるだろうが、ああいう移動販売車のテイクアウトで済ませる人たちもけっこう多いのかもしれない。

（あの人たちの言うとおりだな。こんなオフィス街でランチタイムに店を開けないなんて、不思議だ。どうしてなんだろう）

昨夜は、この店と吾聞に心底救われた思いでいっぱいだったので気が回らなかったが、よく考えれば、喫茶店で夕方から翌朝まで営業するというのは、かなり珍しい気がする。

（住み込み店員になるにあたっては、そのへんの吾聞さんのこだわりもちゃんと聞いておいたほうがいいかも）

窓際に突っ立って、道を行き交うオフィスワーカーたちの姿をボンヤリ見下ろしていると、ただ一回のノック、しかも音とほぼ同時に吾聞がガチャリと扉を開け、顔を覗かせた。

「あ、おはようございます！」

振り返って慌てて挨拶をした澄哉だが、吾聞のほうは特に挨拶を返そうとはせず、ただ小さく頷いて無表情に口を開いた。

「あのくたびれようからして、夕方まで寝込むかと思っていたんだが。ナヨナヨした外見のわりに、意外とお前は丈夫なんだな」

「丈夫かどうかはわかりませんけど、これまでずっと早寝早起き生活だったので、自然に目が覚めてしまったみたいです」

「ここにいる限り、遅寝遅起きが標準になる。さっさと慣れろ。下に来い」

そう言うと、澄哉の返事を待たずに扉はバタンと閉ざされる。

「あ、そっか。店を開けるのは夕方でも、仕込みとか色々あるもんね。ぼんやりしてる場合じゃなかった」

澄哉は急いで窓から離れ、ベッドの上にボストンバッグの中身を引っ繰り返して、少し迷ってからグレイのパーカとジーンズに着替えた。

顔を洗って階下の店に行くと、吾聞は床に置かれた段ボール箱から野菜を取り出し、シンクで洗っているところだった。

見れば、カウンターの内側の調理台には、他にも肉や魚のパックが積み上がっている。

「もう買い物に行かれたんですか？」

澄哉が驚いて訊ねると、吾聞は相変わらずの無表情で、「これは配達だ」と答えた。

「配達？」

「喫茶店のメニューに、旬は関係ないからな。使うものは、年がら年中同じだ。だから先代からずっと、地元の小さなスーパーが定期的に食材を配達してくる。足りないものが出れば、その都度買いに出る程度だ」

「ああ、なるほど。すみません、僕、こういう職種に就いたことがないので、何も知らなくて。ええと、何からお手伝いすればいいですか？」

澄哉がパーカの袖を肘まで上げて訊ねると、今日も昨日と同じく白いワイシャツとブラックジーンズ姿の吾聞は、細く出した水の下でサラダ菜をむしりながら、濡《ぬ》れた指でカウンターの端を指さした。

「コーヒーを淹れてみろ。調理は俺がやるが、ドリンクくらいは用意できるようになれ」

「あっ、はい！　ええと……」

コーヒーサイフォンが三台並べられた場所まで移動したはいいが、澄哉がコーヒーを淹れたことがあるのは、インスタントと、せいぜいフィルター式くらいである。サイフォン式のコーヒーの淹れ方など、皆目わからない。

澄哉がまごつくことは予想済みだったのだろう。吾聞はそちらを見もせず、自分の作業を続けながら指示を出した。

「まずは、フラスコに水を入れろ。フラスコにラインが書いてある。今は俺たちの朝飯用だから二人分だ」

「はいっ」

見れば、ガラスの丸っこいフラスコの側面には、油性マジックで無造作に線が二本引いてあり、1、2と数字が添え書きされている。一人分、二人分に最適な水の量という意味だろう。

浄水器のついた蛇口からフラスコにラインまで水を入れ、澄哉はまるでご主人の命令を待つ忠犬のような真剣な顔つきで報告した。

「水、入れました！」

「フラスコについた水滴を綺麗《きれい》に拭いてから、アルコールランプで湯を沸かせ」

「濡れたままだと、どうかなるんですか？」

「割れる」

「……気をつけます！」

念入りに布巾でフラスコの側面を拭いてから、澄哉はおっかなびっくりでマッチを擦り、アルコールランプに火を点《つ》けた。

「あっ、火がついた！」

思わず澄哉が上げた弾んだ声に、吾聞は呆れた様子で作業の手を止めた。

「アルコールランプに火が点くのは当たり前だ」

澄哉はうっすら顔を赤らめて照れ笑いする。

「すみません。アルコールランプを使ったのなんて中学の化学の授業以来だったので、ドキドキしちゃって」

「……そのようだな」

手を拭いてやってきた吾聞は、「よく見ていろ」と言うと、冷蔵庫から密閉容器を取りだし、蓋を開けた。中には水に浸した丸い布製のフィルターが数枚入っている。

一枚取り出したフィルターを、吾聞はガラス製の細長いロートに入れ、細い鎖を引いて固定した。ロートを台座に立ててから、円筒形のブリキ缶を調理台の下の棚から出して、澄哉に差し出す。

「開けてみろ」

「はいっ」

澄哉は茶筒に似たその缶を受け取って台に置き、やけにタイトな蓋を開けた。さらに中蓋を取ると、素晴らしいコーヒーの香りが立ち上る。かなり細かく挽《ひ》いたコーヒー豆が、缶に七分目ほど入っていた。

「それも、先代の頃から付き合いのある専門店に、うち専用に豆をブレンド・焙煎《ばいせん》したものを、挽いて届けてもらっている。この計量スプーン一杯が一人分だ」

「じゃあ、今は二人分だから二杯……と」

金属製のスプーンを受け取り、澄哉は注意深くコーヒーの粉をロートに入れた。ますます作業は化学の実験めいてくる。

湯が沸くと、吾聞はアルコールランプを動かし、フラスコから外してしまった。

「あれ、せっかく沸騰したのに」

澄哉が思わず不思議そうな声を出すと、吾聞は冷静な科学者のような口ぶりで言い返した。

「コーヒーの抽出には、百度よりほんの少し低い温度のほうがいい。沸騰がおさまったくらいが適温だ」

「へえ……」

「ロートをきっちり差し込んでみろ」

「は、はいっ」

澄哉はおそるおそる、右手に持ったロートをフラスコに差し込んだ。ロートの下端にはパッキンがついていて、しっかりとフラスコの口を塞《ふさ》ぐように出来ている。

ロートをセットし、アルコールランプをフラスコのサイドに当たるように戻すと、フラスコからロートに向かってみるみるうちに湯が上がってくる。

「うわあ……！」

目を輝かせる澄哉に、吾聞は今度は竹べらを差し出した。

「これで一分間、ロートの中身をゆっくり撹拌《かくはん》しろ。きっちり一分だ。これを使え」

そう言って引っ繰り返して立てたのは、砂時計である。澄哉は神妙な顔つきでロートの中身を混ぜながら、砂時計をチラ見した。

「一分って、そんなに厳密に計るんですか」

「短すぎると味が薄い。長すぎると雑味が出る。このコーヒー豆には、一分が最適な長さだ」

「へえ……あ、一分」

「見ていろ」

感心する澄哉の手から竹べらをヒョイと奪い取ると、吾聞はアルコールランプをフラスコから再度外し、ロートの中身をごく手早く二度掻き混ぜた。

熱源がなくなったので、抽出されたコーヒーは、ロートからフラスコへとけっこうなスピードで落ちていく。

炎にキャップを被《かぶ》せて火を消し、吾聞は「コーヒーはこうして淹れるんだ」と言いたげに、澄哉の顔を見た。吾聞がかなり長身なので、標準よりやや小柄な澄哉は、どうしても見下ろされることになる。

「うわあ……こんなに丁寧に淹れるんですね、お店のコーヒーって」

吾聞は小さく頷き、ロートの中に残ったコーヒーの残渣《ざんさ》を長い人差し指で示す。

「こんなふうに、コーヒーの粉がドーム状に盛り上がって残っていれば、上手く淹れられたと思っていい。そうでなければ、淹れ直せ」

「わかりました！　ええと、使った後は……」

「当然、一回ごとにすべてを洗え。フィルターには、洗剤を使うなよ。水で綺麗に洗って、さっきの容器に戻して冷蔵庫へ入れておけ」

「はいっ。じゃあ、すぐ……」

「いや、今はフィルターだけ洗っておけ。まずは味見をすべきだ。起き抜けの一杯でもあり、お前にとっては、覚えておくべき味でもある」

そう言うと、吾聞は下の戸棚からマグカップを二つ取りだした。明らかに客に使うものではなさそうなので、自分たちが仕事中に水分補給するためのものだろう。

本来、フラスコに記された水量の目安はコーヒーカップ用なので、マグカップには量が少ない。それぞれのマグカップに半分ずつコーヒーを注いだ吾聞は、青いマグカップを澄哉の前に置いた。自分はもう一つの黒いマグカップを取り、コーヒーの味を確かめる。

熱いコーヒーを平気で飲む彼に驚きつつ、澄哉は「いただきます」と言って青いマグカップに口をつけた。

飲む前から、豊かでありながら清々しい香りが鼻腔《びこう》に広がる。吹き冷まして口に含むと、ブラックなので当然苦いのだが、酸味が少なめで、後口がスッキリしている。

濃厚な味わいを楽しむというよりは、気持ちよく飲めるという印象のコーヒーだ。それでいて、決して味が薄くはない。

「美味しい。飲みやすいですね」

「コーヒーは、上手く焙煎されたいい豆を仕入れ、いい水できちんと手順を踏んで丁寧に淹れれば旨くなる。実に道理にかなった飲み物だ。まずは、コーヒーをきちんと淹れられるようになれ」

「わかりました」

澄哉が頷くと、吾聞はマグカップを調理台に置き、冷蔵庫を開けた。

「あとは食べる物だな」

そう言って取りだしたのは、スライスされたハムと、薄いシート状に一枚ずつパックされたチーズだった。

ホットサンドメーカーに薄切りの食パンを耳付きのままセットし、ハムとチーズを挟んでギュッと蓋を閉め、ストッパーを掛ける。

ものの数分で、外側がこんがり焼けたホットサンドが出来上がった。

材料はどれもシンプルだが、それらが合わさると実に旨い。特に、敢《あ》えて落とさなかったパンの耳部分が、ホットサンド用の鉄板に圧迫されてぺちゃんこになり、カリカリに焼けているのがとても香ばしい。

とろけるチーズと温められてジューシーになったハム、それに素朴なパンのコンビネーションを楽しみながら、澄哉はしみじみと言った。

「吾聞さんが作る料理は、どれも凄く美味しくて感動します」

すると吾聞は、コーヒーに砂糖とミルクを入れ、掻き混ぜながら軽く眉根《まゆね》を寄せた。

「さほどでもあるまい」

「いいえ、美味しいですよ！　きっと、凄く丁寧に作るからですね。料理、昔から得意だったんですか？」

「いや。料理を始めたのは、店に出るようになってからだ。まあ、作る人間がいなくなれば、自分で作るより他はないからな」

「なるほど……。前は、ご両親がこの店を？」

澄哉は何げなく訊ねた。すると吾聞は、コーヒーを啜《すす》り、無造作に答えた。

「俺に親はいない」

「あ……す、すみません。僕、無神経なことを」

澄哉は慌てて詫《わ》びたが、吾聞はむしろ、澄哉の動揺に不思議そうな顔をした。

「別に、詫びられるようなことは何もない。単なる事実だ」

「そう……ですか。あの、僕もそうなんです。父も母も早くに亡くして……」

吾聞はマグカップに口をつけたまま、瞬《まばた》きで先を促す。澄哉は少し迷ったが、何も訊かずに自分を店に置くと決めてくれた吾聞の厚意に甘えっぱなしではいけない、きちんと自分のこれまでのことを話しておかなくてはと意を決し、背筋を伸ばした。

両手を腿《もも》の上に置き、少し緊張しながら、自分の生い立ちを出来るだけかいつまんで語り出す。

吾聞はサンドイッチを平らげ、コーヒーを飲みながら、黙って話を聞いていた。

そして澄哉が語り終えると、世間話でもしているようなフラットな調子でこう問いかけてきた。

「何故、教会を出た？」

澄哉は、戸惑いながら答えた。

「それはその、言ったとおり、僕が、神様に顔向けできないような罪を犯したからです。神の僕《しもべ》でいる資格がなくなったので、教会を出ました。実は……」

つらそうな顔で言いよどんだ澄哉に、吾聞は平板な口調で言った。

「俺は別に、お前の罪とやらをほじくり返したいわけではない。言いたくなければ言わなくていい」

「え……」

「さっさと飯を食ってしまえ」

吾聞はそう言うと立ち上がり、自分が使った食器を大きなシンクの片隅に置いて、中断していた野菜の処理を再開する。

澄哉は急いでホットサンドの残りを食べ、コーヒーで流し込んで、吾聞の傍《そば》へ行った。

「あの、それは僕が。それとも他のことをしましょうか？」

「では、サラダ菜を洗って一枚ずつちぎったら、あとはジャガイモを洗って皮を剝《む》け。ピーラーは、そこの抽斗《ひきだし》の中だ」

「わかりました」

シンクの前を澄哉に譲ると、吾聞は肉類と魚の下ごしらえを始めた。

さっきホットサンドに使ったハムを細く刻んでいる吾聞の横顔は、窓から差し込む太陽の光に映えて、陶磁器のように白く滑らかだった。

無造作に結んだ黒髪とあいまって、日本人形のように美しい。

ただ彼の顔立ちは、どこかエキゾチックだった。

鼻筋は高く真っ直《まっす》ぐで、唇は真っ直ぐ引き結ばれている。眉の形といい、顔のラインといい、軟らかさを感じるところはあまりなく、どこもかしこも直線的だ。

手元を見ているせいで伏し目がちな目元が彫刻のようで、いつまでも見ていたいような美しさだった。

（綺麗な人だなあ……。モデルか役者みたいだ）

澄哉はぱりぱりとサラダ菜をむしりながら、吾聞のすらりとした立ち姿に見とれた。

そうしていると、さっき、自分の罪を敢えて追及せずにいてくれた吾聞の優しさに対する感謝と、自分の不甲斐なさに対する嫌悪がない交ぜになってこみ上げて来る。

（昨夜、吾聞さんは、僕のことを何も訊かずに、口約束ではあるけれど、住み込み店員にするって『契約』してくれた。そんな吾聞さんの優しさに付け込んで、僕は自分に都合の悪いことに口を噤《つぐ》んで、涼しい顔でここに居座るつもりなのか？）

誰にでも気軽に言えるようなことではない。だが、どこの馬の骨とも知れない自分に食べ物と暖かな寝床、それに職場まで与えてくれた吾聞に、真実を伏せておくべきではない。そこまで性根を腐らせてはいけないと、澄哉は思い直した。

一つ大きく深呼吸をして、波立つ心を落ちつかせる。心を決めて呼びかけようとした澄哉に先んじて、吾聞はハムに続き鶏《とり》のもも肉を小さく切り分けながら口を開いた。

「澄哉」

「！」

いきなり名前で呼ばれて、澄哉は目を丸くした。

だが、吾聞の呼び方はとても自然で、馴れ馴れしさなど欠片も感じない。むしろ、犬の名前でも呼ぶようなカジュアルささえ感じる口調で、それが澄哉にはとても心地よく感じられた。

「はい、何ですか？」

返事をした澄哉に、吾聞はこう言った。

「言いたいことがあるなら、まずは水を止めろ」

「あ……は、はいっ」

どうやら吾聞は、澄哉の視線にとっくに気付いていたらしい。澄哉は言われたとおり水を止め、身体ごと吾聞のほうに向き直った。

「あの、さっきのことですけど」

「どれのことだ？」

澄哉はゴクリと唾を飲み込んでから言った。

「僕の犯した罪のことです。僕の雇い主になってくださった吾聞さんに隠し事はしたくありません。あと、僕の話を聞いて、もし僕を雇うのが嫌になったら、僕を叩き出してください。絶対に逆恨みなんてしませんから」

自分は肉を切る手を少しも休めず、吾聞はチラと澄哉の緊張した顔を見ただけで言った。

「たとえお前が人を殺めたことがあると言い出しても、俺はその程度のことで契約を反古《ほご》にはせんが……まあいい、話したければ話せ」

「その程度って……」

吾聞の価値観がよくわからなくなりながらも、澄哉は震える声で告げた。

「僕は、人は殺していません。だけど、聖書で禁じられている大罪を、二つも犯しました。男なのに……男の人を好きになって……その」

「お前は男と寝たのか？」

吾聞は世間話でもするようなフラットな調子で、澄哉のほうを見ずに訊ねる。澄哉は身体を強張《こわば》らせて頷いた。

「そうです。……しかも、知らなかったとはいえ……その人には奥さんがいました」

「知らなかったのなら仕方があるまい」

「事前に確かめなかったのは、僕の落ち度です。そんな罪を犯して、平気な顔で教会に留まるわけにはいきません。僕は神に仕える資格を失いました。だから教会を出たんです」

切り終わった鶏肉をステンレスの容器に入れて冷蔵庫に入れ、そこでようやく吾聞は澄哉の顔を見た。

だがその物憂げな顔に浮かんでいたのは、嫌悪ではなく、むしろ怪訝そうな表情だった。

「その男とはどうなったんだ？」

澄哉は教師に叱られている生徒のように、従順に答えた。

「勿論、奥さんがいると知った時点で、別れました。相手の方は、奥さんと別れると言いましたが、僕にはそんなこと耐えられませんでした」

吾聞は、軽く眉根を寄せた。

「男と寝たことと、相手に妻がいたことが大罪？　わからんな」

本当にわからないと言いたげな吾聞の顔つきと声に、澄哉も不思議そうに訊ねた。

「何がです？」

すると吾聞は、平然と言い放った。

「カトリックの神父になれば、どうせ生涯独身を通すんだろう？」

「ええ、確かに」

「お前はもとから子を持つ予定はなかったわけだ。なら、男を相手に肉欲を満たしたところで、何の問題もなかろう。世界の人口にはまったく影響しない」

「な……っ」

あまりにもあけすけな言葉に、澄哉はどこか幼さの残る顔を真っ赤にして、口をぱくぱくさせる。一方の吾聞は、驚きすぎて言葉を発することができない澄哉とは対照的に、科学者めいた明快な調子で言葉を継いだ。

「しかも、妻がいることを伏せたのも、離婚しようとしたのも、相手の男が勝手に決めたことだ。お前にできることはなかっただろう。それがお前の罪とは、到底思えんが」

澄哉は、まだ赤い顔のままで俯いた。

「でも、僕が妻のある男性と関係を持った事実は、どんな事情があっても消えない罪ですから」

やけに頑《かたく》なな口調でそう言い張る澄哉に、吾聞は肩を竦《すく》める。

「まあ、お前がそう思うのはお前の勝手だ。自分を責めたければ好きにしろ。だが、俺はそうは思わんし、お前の話では、お前はみずからを破門し、今はもうカトリック信者ではない。そうなんだろう？」

　澄哉は顔を上げ、泣き出しそうな顔で曖昧に頷いた。

「破門は、上の方々が決めることです。でも、僕は自分の罪を告白する手紙を、司祭あてに残してきました。僕を破門してくださるようにというお願いも、手紙に書きました。ですから……」

「望みは叶えられるだろう、ということか。なら、もうその辛気くさい顔はやめるんだな」

　そう言うなり、吾聞は澄哉に歩み寄ると、いきなり澄哉の熱を帯びた頬を両手でグイと摘まみ、左右に引っ張った。

「あ、あもん、ひゃん？　あだ、だだだ」

　突然の狼藉《ろうぜき》に仰天しつつ、澄哉は頬の痛みに悲鳴を上げる。だが、澄哉を無理矢理奇妙な笑顔にしたまま、吾聞は言った。

「一般人に戻ったなら、法律に従って生きろ。この国の法律では、男と寝るのも、妻帯者と寝るのも、罪とはされん」

「ふぇ……ふぇふけろ」

　ですけど、と反論しようとする澄哉の頬をなお強く引っ張り、吾聞はどこか楽しげに続けた。

「お前はもう、神に縋ることも、神に守られることもない身の上になったと自分で言ったんだ。自覚しろ。お前がこの先信じ、決断を委ねられるのは、お前自身と……俺だけだ」

「ふぇ!?」

いきなりの宣言に、澄哉は色素の薄い茶色の目を見開いたまま硬直する。吾聞は、互いの鼻がくっつくほど近くに顔を寄せると、低い声で囁《ささや》いた。

「当然だろう。お前は昨夜、俺と『契約』したんだからな。俺の言葉が、お前にとっての新しい聖書だと思え」

「ふぁ……」

ろくに言葉を発せない澄哉の魂の抜けたような表情を楽しげに見やり、吾聞はようやく両手を離した。

「い……いたい……」

ヒリヒリする頬を両の手のひらでさすりつつ、澄哉は少し恨めしげに吾聞のヤマネコを思わせる笑顔を見上げた。

「痛いですよ、吾聞さん」

だが吾聞は、涼しい顔で澄哉の抗議を受け流した。

「だろうな。だが、昨夜からお前がずっと泣き出しそうな顔ばかりしているから、俺が矯正してやったんだ」

「矯正って……」

「そこの鏡を見てみろ。頬の筋肉が解れれば、人間は勝手に笑う生き物だ」

「えっ？」

澄哉は頬を抑えたまま、吾聞が指さす壁の小さな鏡の前に立ってみた。

「……あ」

頬が赤らんでいるのは、さっき赤面したせいでもあり、吾聞に死ぬ程強く引っ張られたせいでもある。だが確かに、鏡に映った澄哉の表情は、自分でもわかるほど柔らかくなっていた。

（僕は……そうか、ホッとしたんだ）

吾聞の乱暴な論理や倫理観は、そう簡単に受け入れられるものではない。

それでも、彼が澄哉の告白を驚くほど平然と受け止め、自分はそれを罪とは思わないと言ってくれたことで、澄哉はとても救われた心持ちになれた。

彼の心の中に、過ちは過ちとして厳然と存在しているし、償わなくてはならないという気持ちは少しも薄らいでいない。生涯、消えることのない罪だとも自覚している。

それでも……世界中から孤立したような気分になっていた自分に、吾聞は居場所をくれたのだ。そのことに心から感謝して、彼の厚意に応えなくてはならない。澄哉はそう決意して、吾聞を見た。

「ありがとうございます」

その言葉と共に、澄哉の顔には自然と小さな笑みが浮かぶ。吾聞は、それに応えることはせず、素っ気なく言った。

「客商売だ、俺はともかく、店員くらいは愛想良く笑っていたほうがよかろう。敬介《けいすけ》もよく、その鏡で自分が疲れた顔をしていないか、髪は乱れていないかとチェックしていた」

「敬介……さん？」

「先代だ」

短く答えると、吾聞は壁の古風な木製の時計を見やり、エプロンを外した。

「釣り銭が心許なくなっていたのを忘れていた。銀行に行ってくる。芋の皮を剝いたら、ボウルに放り込んで水に浸けておけ。それから、人参も皮を剝き、タマネギは皮をむしり、ピーマンは半割りにして種をとっておけ。いいな？」

「はいっ。行ってらっしゃい」

「開店前に、誰も店に入れるなよ」

そう言うと、厨房の片隅に置いてあったショルダーバッグを肩に掛け、吾聞は店を出て行く。

ひとり残された澄哉は、言われたとおりジャガイモを手に取り、ふと首を傾げた。

「先代って……。吾聞さん、さっき両親はいないって言ってたけど、じゃあ、先代ってどういう関係の人なんだろ。敬介って名前で呼ぶ間柄なんだから、親しかったんだろうな」

また後で、時間ができたら詳しく訊いてみよう。そう思いながら、澄哉は土がついたジャガイモを丁寧に水洗いし始めた……。

＊　　＊

午後五時、店を開けると、すぐに数人の客が入ってきた。

最初のうちは、スーツ姿の客が多かった。遅めの社外打ち合わせが目的らしく、オーダーはほとんどコーヒーで、澄哉は教わったばかりの手順を必死で思い出し、一杯ずつ丁寧にコーヒーを淹れた。

ただしまだまだ要領が悪いので、見かねた吾聞に茶器を出したり、温めたりと手伝わせてしまい、澄哉は大汗を掻きながら奮闘した。

しかし日が落ちる頃からは、だんだん会社帰りや残業途中で食事をする人が多くなり、今度は調理担当の吾聞が忙しくなる。

ごく自然に、澄哉はそれ以外の仕事を引き受けることとなった。つまり客に水を運び、注文を取り、食器を下げ、食後の飲み物を用意し、会計をして、客が帰ったあとのテーブルを片付け、洗い物をする。

喫茶店勤務は初めての経験ではあったが、昨夜、暇にあかして吾聞の仕事ぶりを眺めていたので、やるべきことがだいたいわかるのは怪我の功名だったかもしれない。

吾聞は黙々と料理を作り続け、澄哉も慣れない仕事に緊張しどおしだったので、二人の間には注文を通す以外、ほとんど会話はなかった。

そして午前五時前、最後の客を送り出し、二人はようやく一日の仕事を終えた。外は白々と明るくなりつつある。

澄哉が食器を洗っている間に、吾聞は手早くまかないを作って、昨夜と同じ窓際の席に運んだ。

曇りガラス越しに朝の光が感じられるテーブルで、二人は差し向かいで「朝食」を摂ることにした。

(あれ、まただ)

テーブルに置かれたのは、昨夜と同じナポリタンスパゲティである。

勿論、ナポリタンは好物だし、二日続いたところで何でもないが、さっき食器を洗いながらチラと見たところ、残った食材で、他のメニューも作れそうだった。

（もしかして、吾聞さんは……）

向かいでもぐもぐナポリタンを食べている吾聞に、澄哉はストレートに訊ねてみた。

「吾聞さんは、ナポリタンが好きなんですか？」

すると吾聞は、ゆっくりと咀嚼し、水を一口飲んでから簡潔に答えた。

「好きだ。俺が作る限り、朝のまかないは常にナポリタンだ。嫌なら自分で勝手に作れ」

澄哉は慌てて両手を振る。

「い、いえ！　全然嫌じゃないですけど、そこまで大好きなんですね。じゃあ、これまでもずっと？」

「これからもずっとだ」

「へえ……」

妙に感心しながら、澄哉もフォークに巻き付けたスパゲティを頬張った。

昨夜の感動は空腹のせいかと思ったが、今朝のナポリタンも、実に旨い。やはり、しっかり焼き付けられてほんの少しだけ焦げ、濃くなったケチャップの風味が絶品である。

「それにしても、いったい何がきっかけでナポリタンがそんなに好きになったんです？」

そう訊ねると、吾聞は再び、くだんの名前を口にした。

「初めてここに来た夜、敬介がナポリタンを作って出した。それが旨かったから、ここにいることにしたんだ」

（まただ。また、「敬介」さんの名前が）

澄哉はこの機に、昼間、訊ねそこねた先代店主のことを訊いてみることにした。

「その敬介さんって、どんな方だったんですか？　今は……」

「もう死んだ。敬介は先代の……」

「先代マスターっていうのはわかりますけど、その、吾聞さんとの関係は？」

「赤の他人だ」

吾聞の説明にはまったく無駄がないが、その分情報量も少なくて、知りたい知識は細切れでしか入ってこない。澄哉は閉口しつつも、問いを重ねるしかなかった。

「えっと……じゃあ、どうやって知り合ったんですか？　敬介さんは、いくつくらいの方だったんです？」

するとと吾聞は、何故そんなことが知りたいのかと言いたげな顔で、それでもすぐに答えた。

「詳しい年は知らんが、まあ、五十代やそこらだったんだろうと思う。この店はこのとおり、オフィス街の真ん中にぽつんと一軒あるからな。ここを買い上げて家を潰し、ビルを建てたいと思う者がいても珍しくない」

「あ、はあ、確かに」

「当時の敬介は、そうした業者の一人から、やくざ者を使った執拗《しつよう》な嫌がらせを受けていてな。俺が通り掛かったときも、見るからにガラの悪そうな連中が五人ほど、怒声を上げながら、店の前に汚物をまき散らしていた」

「うわあ……」

ドラマでしか見たことがない光景だが、個人経営の小さな店でそんな嫌がらせをされては、こうむるダメージは想像に難くない。

澄哉は優しい顔をしかめたが、吾聞はやけに楽しそうに話を続けた。

「いったいどんな店かと、俺はヤクザ連中を掻き分けて、店に入ってみた」

「ええっ!?　ちょ、ちょっと吾聞さん、それは冒険しすぎ。大丈夫だったんですか?」

確かにやけに堂々としている長身の吾聞だが、身体付きはすらりとしていて、とてもヤクザに腕っ節で対抗できそうではない。驚く澄哉に、吾聞はこともなげに頷いた。

「別に、どうということはない。店に入ると、客は誰もおらず、敬介がそこの椅子で頭を抱えていた」

指さしたのは、店の奥のほうのテーブルである。その光景が容易に想像できて、澄哉はますます眉を曇らせた。

「気の毒に……。敬介さんは、おひとりだったんですか？　ご家族は？」

「独り身だった。店員もいなかった。ひとりで嫌がらせに耐えてきたんだろう、酷《ひど》くやつれた顔をしていた」

「うああ……。ますます大変だ。それで、吾聞さんは？」

吾聞は、敬介が座っていたというテーブルを見ながら言った。

「敬介は、入ってきた俺にも気付いていなかった。『この嫌がらせが止むなら、悪魔に魂を売ってもいい』と呟いていたから、面白い奴だと思って、『いいだろう、契約してやる』と言ったんだ」

「は？　契約？」

目を丸くする澄哉に向き直り、吾聞は微妙に機嫌のいい顔で頷いた。

「ああ」

「契約って……昨夜、僕としたみたいな？　つまり、嫌がらせをやめさせる仕事を引き受けたんですか？」

「そうだ」

「ちょ……吾聞さん、お仲間がいたとか?」

「俺はいつもひとりだ。仲間など持ったことはない」

澄哉は呆然《ぼうぜん》として、目の前の吾聞の涼やかな顔を見た。

「ホントに、やっちゃったんですか?」

吾聞はまた、小さく頷く。

「『いまわの際に、俺に魂を売れ』と言ったら、敬介が放心したような顔でようやく俺に気づき、頷いた。契約が成立したから、俺は表に出て、やくざ者を蹴散らした」

「蹴散らしたって、そんな簡単に!」

「造作もない。夜にお礼参りとやらが来て、二十人あまりで店を取り囲んで大騒ぎしていたが、それも片付けた。頭数が増えて、多少は面倒だったがな」

まるで「キャベツを一玉千切りにした」と言うような調子でヤクザを叩きのめしたと語る吾聞に、澄哉は驚くのを通り越し、ポカンとした顔になってしまう。

毎晩食べているだけあって、見事な手つきでフォークにスパゲティを巻き付け、ついでのように吾聞はこう付け加えた。

「まあ、ああいう手合いは、頭を潰さないと埒《らち》があかないものだ。逃げようとした奴をひとり捕まえて、奴らの雇い主の居場所を聞き出し、その夜のうちに乗り込んだ」

「……あの、それもやっぱり吾聞さんひとりで？　何か、よっぽど強力な武器とか……」

「そんなものは持っていないし、必要もない。死なない程度に痛めつけ、二度と店に手を出さないという誓紙を書かせて引き上げてきた」

「吾聞さんって、いったい……。まさか、前は格闘家だったとか？」

「そう見えるか？」

吾聞はフォークを持ったまま、軽く腕を広げてみせる。澄哉はゆるゆるとかぶりを振った。

「いいえ。どっちかと言うと、画家さんとかミュージシャンとか、モデルとか言われたほうがしっくり来るかも。でもホントに、ヤクザの親分を懲らしめちゃったんですね？」

からかわれているのかと澄哉は一瞬疑ったが、吾聞の顔には「さも当然」と言わんばかりの自信が満ちていて、嘘を言っている様子はない。

教会に悩みを相談に来る人たちと毎日のように面談していた澄哉だけに、二十六歳という若さのわりに、人の心の機微に敏い。相手が隠し事をしたり、嘘をついたりしているとすぐにわかってしまう。

だが、目の前の吾聞は、ただ事実を淡々と告げているだけだ。そこには嘘も虚栄も感じ取れない。

「怪我とか、なかったんですか？」

恐る恐る訊ねる澄哉に、吾聞はごく淡く笑った。

「あの程度の奴らには、俺に指一本とて触れられる可能性はない。俺は契約どおりに仕事をして店に戻り、敬介が死ぬまであいつと共に、つまりこの店に居座ることになった」

「つまり、僕みたいな住み込み店員になったってことですか？」

「まさか。俺はここで働くなどという契約はしていない。ただ、暇だし、料理に心惹《ひ》かれたから、多少は手伝ってやったが」

「つまり、それって居候？」

「契約に従い、当然の権利を行使したまでだ」

「はあ」

あまりにも奇想天外な話に澄哉はすっかり呆れ、絶句してしまった。

（ホントに変わった人だな。やけに簡単に「契約」って言葉を使うし、何だか凄く強いみたいだし。普通、そういう取り決めをするとしても、契約じゃなくて「約束」とか「交換条件」とかでいいよね）

「出会った日の深夜に、敬介がナポリタンを作って俺に食わせた。それがすこぶる気に入ったから、以来、一日に一度、ナポリタンを食い続けている。敬介が生きている間は敬介が作っていたが、あいつが死んだ後は、やむなく自分で作っている」

澄哉があんぐり口を開いたままなのに構わず、吾聞は話をそんな風に締めくくり、再びナポリタンを口に運ぶ。

視線で促され、忘れていた食事をどうにか再開したものの、澄哉のほうは、もはやナポリタンの味などわからず、ただ吾聞に対する疑問で頭がいっぱいだった。

食後に練習がてらコーヒーを淹れながら、澄哉はようやくもう一つの疑問を思い出し、椅子に座ったままの吾聞の背中に投げかけてみた。

「あの、敬介さんが経営なさっているときは、この店は昼間に開けてたって」

「誰に訊いた？」

「通りすがりのサラリーマンが立ち話で……」

振り返らず、吾聞は小さく頷く。

「そうだ。店名も今とは違った」

澄哉は砂時計を引っ繰り返し、ロートの中のコーヒー豆を混ぜながら問いを重ねた。

「前は、どんな店名だったんです？」

「純喫茶あした、だ」

「あした？　それを、吾聞さんが店を継いだとき、『あくま』に替えた？　で、営業時間も夜に替えたってことですか？」

「ああ」

「どうしてって、訊いてもいいですか？」

「単に、俺は夜に動くほうが好きだし、店名は……敬介は悪魔と契約し、悪魔が店を継いだんだから、その事実を店名にしてみただけだ」

「悪魔って、それ、吾聞さんのことですか？　敬介さんが、『悪魔に魂を売ってもいい』って言ったから？」

「そうだ」

「そんなの、困り果てた敬介さんの言葉のあやじゃないですか。自分をそんなに悪いものにたとえなくても」

キリスト教において、悪魔は邪悪を象徴する存在である。そんな言葉を気軽に使う吾聞に、澄哉は困惑して口ごもる。

雇い主を窘めるわけにもいかず、黙ったままコーヒーをマグカップに注ぎ分けた澄哉は、すぐ隣から聞こえた声に飛び上がりそうになった。

「一般人になったんだろう？　キリスト教的価値観でものを考えるのはやめるんだな」

「ギャッ！　あ、吾聞さん、いつの間に」

気付けば、長い脚を組んで椅子にゆったり座っていたはずの吾聞が、すぐ横に立っている。「悪魔」という言葉に思いを巡らせていたせいもあるだろうが、澄哉は足音にも気配にも気付けなかった。

「たった今だ。……お前は面白いな、澄哉。本当に、感情が目まぐるしく動き、それが表情にも態度にも隠さずに出る」

「う……は、はい？」

「馬鹿正直だと褒めているんだ、喜べ」

そう言うと、吾聞はガランとした店内を見回して言った。

「もう一つ教えてやろう。何故俺が、夜に店をやっているか」

「夜型の他にも、理由があるんですか？」

まだドキドキする胸を片手で押さえて問いかける澄哉のほっそりした顔を見下ろし、吾聞はニヤリと笑った。

「深夜にここに来る連中は、たいてい仕事に疲弊し、人間関係に悩み、鬱々《うつうつ》とした顔で来る。そういう連中の澱《よど》んだ気配が、嫌いではないからだ」

普段が無表情なだけに、口角を上げた吾聞の顔は、どこか荒々しく、獰猛に見える。ギョッとする澄哉のオトガイを指一本で持ち上げ、吾聞はさらに笑みを深くした。

「あ、あ、吾聞さん？」

「本当に、お前は面白い。昨夜のお前は、全身から悲嘆と苦悩をまき散らしていて、実によかった」

「……あ、あ、あの？」

　昨夜の惨状は自分でもよくわかっているが、吾聞に改めて言われると、羞恥と戸惑いがこみ上げる。

「だが、今日のお前の、くるくる変わる感情と表情もいい。俺はいい拾いものをした」

「吾聞さん？　いったい、何を言って……んっ!?」

　一瞬、何が起こったかわからず、澄哉は目を見開いたまま硬直した。

　急に吾聞が身を屈《かが》めたと思うと、唇に冷たいものが触れる。

　それが吾聞の唇だと気付いた瞬間、澄哉は仰天して、反射的に吾聞の胸を両手で押しのけようとした。

　だが、渾身《こんしん》の力を込めて押したにもかかわらず、吾聞は一歩も下がらなかった。ウエストに回した左腕一本で澄哉を楽々と捕らえ、驚きにわななく柔らかな唇を舌先でチロリと舐めてから、ようやく哀《あわ》れな獲物を解放する。

「な……な、な、なんで……!?」

口元を押さえて一歩後ずさり、真っ青な顔をしている澄哉に、吾聞はご機嫌な笑顔でしれっと言った。

「他意はない。ただの味見だ」

「た、ただの……あじ、み？」

ショックで全身を強張らせる澄哉をよそに、吾聞はマグカップを取り、熱いはずのブラックコーヒーを一息に飲み干した。

「そうだ。別に、お前の寝込みを襲うつもりなどさらさらないから、自意識過剰の心配はしなくていい」

「う、あ、え……？」

「食材の追加注文のメールを打ってくるから、掃除を始めていろ」

そう言い置いて、吾聞はカウンターの奥の扉を開け、二階へ去ってしまった。

（味見って……）

なおも放心していた澄哉は、ゆっくりと口から手を離し、吾聞が上がっていった階段を振り返った。

（僕にそういう意味で興味があるわけじゃないってことだよね、今の。……だったら、僕のこと、からかった……？）

意地悪にしてはたちが悪いと、澄哉の胸に小さな怒りの火が点《とも》る。しかしその直後、彼はふと、今朝の吾聞とのやり取りを思い出していた。

（僕はもう一般人なんだから、聖書じゃなく、日本の法律に従えって、吾聞さん、言ってたな。同性と関係を持つのは、法律では罪じゃないって……）

吾聞はたいていの場合、無表情かつ無愛想なので、大まかな機嫌の良し悪《あ》しは何となく感じ取れても、まだ細かな感情の動きに気付くことは難しい。

今朝は彼の思想を一方的に投げつけられたように感じていたが、もしかすると、あれは吾聞なりの不器用な慰めだったのかもしれない。

（もしかして、自分だって、その気になれば男にキスくらいできる……って言いたかったんだろうか。僕に、あんまり気に病むなって言う代わりに、ホントにキスを？）

澄哉の心にわだかまっているのは、キスが出来る出来ないといった単純な問題ではないのだが、それでも吾聞の気遣いが嬉しくて、点火したばかりの怒りはたちまちかき消え、くすぶる煙すら残らなかった。

「吾聞さん、ホントにいい人なんだな」

呟いて、澄哉は吾聞が自室でパソコンに向かっているであろう二階を見上げた。

「僕の罪は決して消えないですけど……でも、吾聞さんの言葉、何だかとても嬉しかったです。ありがとうございます」

　本当は直接伝えるべきなのだろうが、あの吾聞なら、この小さな呟きをも聞き取ってくれる気がする。そんな思いを抱く自分をどこか可笑《おか》しく思い、澄哉はここに来て初めて、心からの微笑を浮かべた。

三章　触れ合っても謎

澄哉が「純喫茶あくま」の住み込み店員になって、三週間あまりが過ぎた。

五月も半ばを過ぎると、初夏を通り越して、夏の日差しを感じる日が増えてくる。

最初の頃は、明るくなってから眠ることに妙な背徳感を覚えていた澄哉も、ようやく昼夜逆転の喫茶店店員生活に馴染みつつあった。

だいたい毎日、午前七時前後にベッドに入り、昼過ぎに起きる。

吾聞はたいてい澄哉より先に起きて店に降りていて、クラシックのレコードを聴きながら朝刊を広げていることが多い。

二階の生活スペースにもリビングルームはあるのだが、それよりも店のカウンターの中のほうが落ちつくらしい。

ここに来て数日経ってから澄哉は気付いたのだが、この家の中には、テレビもラジオもない。ただ、二階リビングのコーヒーテーブルの上に、ノートパソコンが一台あるだけだ。

新聞とネットで世間の動向を知ることはできるが、教会の司祭館ですらテレビがあったので、澄哉はさすがに驚いて、テレビを見ないのかと吾聞に訊ねた。するると彼は大真面目な顔で、「もともとはあったんだが、見始めると止まらないから捨てた」と答えた。

吾聞に言わせれば、「テレビ番組の多くは愚かしく低俗だが、そうした無意味に思えるものの中にこそ人間の面白みがある」のだそうで、なるほどそういう視点に立てば、確かに延々とテレビを見続けてしまうかもしれないと、澄哉は妙に感心したものだ。

二人で軽いブランチ（だいたいはトーストかホットサンドだ）を摂り、その日のコーヒーやパンの味を確かめた後は、開店準備である。

食材を洗ったり切ったり火を通したりして下準備をし、テーブルの上の調味料をチェックする。必要ならば足りない材料を買いに出たり、銀行に行ったりもする。

それが終わると、開店まではそれぞれの自由時間となる。

吾聞はやはりカウンターの中で煙草でも吸うようにスティック状に切った生野菜をつまみつつ、読書していることが多い。

読んでいるのは小説だったり料理雑誌だったり色々だが、スツールを二つ並べてその上に長い脚を伸ばし、どっしりした棚に軽くもたれるという姿勢は、いかにも試行錯誤の末に編み出したリラックススタイルという感じがして、澄哉にはちょっと可笑しい。

澄哉はといえば、天気のいい日は外の空気を吸いがてら、短い散歩に出ることが多い。オフィス街をうろついても……と最初は思っていたが、店から徒歩十分ほどのところに綺麗な公園があるのだ。

公園といっても、最初からオフィス街で働く大人たちの憩いの場として造られたのだろう。子供向けの遊具などはまるでない。

瀟洒な円形噴水を、木製の座り心地のいいベンチがぐるりと取り囲み、その外周には木立が配されている。

澄哉が行く頃には、そこでランチを楽しんだであろうオフィスワーカーたちは午後の仕事に戻り、人影はごくまばらなことが多い。

ベンチに腰掛け、木立の緑を眺め、吹き抜ける風を頬に受けて日なたぼっこをするのが、澄哉のささやかな日々の楽しみだった。

何しろ、まだ給料をもらっていないので、手持ちの現金はほとんどない。散歩以外の娯楽を持つ金銭的余裕はないのだ。

実は、吾聞は早々に給料の先払いを申し出てくれたのだが、澄哉はそれをきっぱりと断った。

経験のない仕事だけに、まともに仕事がこなせるかどうか自信がない。一ヶ月働いてみて、吾聞の期待に応えられているようなら給料を貰うことにする。

そう澄哉が伝えると、吾聞は軽く眉を上げ、「ほう」と言っただけだった。

せっかくの厚意を無碍に断って気を悪くさせてしまったかと澄哉は気を揉《も》んだが、吾聞はむしろ、そういう澄哉の生真面目さを好もしく思ったらしい。どこか満足げな笑みを浮かべ、「では、せめて支度金を受け取れ」と二万円を差し出した。それで店員らしい装いを整えろという意味なのだろう。

そこで澄哉は二枚の紙幣をありがたく受け取り、街へ出て、まずは美容院で髪を整えた。これまでは安い理容店で適当に切ってもらっていたのだが、接客業に就くからには、見た目をこざっぱり感じよくしておくことが重要だと考えたのだ。

美容院に行くのは初めてで随分緊張したが、澄哉は美容師が勧めるカラーリングもパーマも断り、「清潔感があり、柔らかな雰囲気になるように」と頼んでカットしてもらった。もともと全体的に色素が薄めで優しい顔立ちの澄哉だけに、どうカットしたところで硬派なイメージにはなりようがないのだが、仕上がったのは、なるほど柔らかい髪質を上手く生かしたふんわりした髪型だった。

それから澄哉はデパートに行き、店で着るための服を買った。

吾聞の服装を見る限り、ギャルソンのような制服は必要ないが、清潔感があるカジュアルウェアが求められているのだろうと澄哉は考えた。

そんなわけで、さんざん売場をうろついた挙げ句に彼が買い込んだのは、ストレートジーンズとコットンのワークシャツだった。

ジーンズは吾聞も穿いていたし、ワークシャツは、吾聞ほど白いワイシャツが似合わない気がしたので、気負わずに着られ、しかもざぶざぶ洗えるものを選択したのだ。

勿論、シンプルな胸当てつきのエプロンを買って帰ることも忘れなかった。

真新しい髪型と服装の澄哉を見て、吾聞はいつもの無表情で小さく頷いただけだった。

彼は感情表現をごく微かにしかしないので、それが「十分に満足」のサインだと澄哉が確信を持てたのは、しばらく後になってからだ。

そのとき、澄哉はきちんと明細を書き出し、釣り銭を吾聞に返そうとしたのだが、彼は苦笑いで「その程度は取っておけ。働くうちに必要になるものもあるだろう」と、受け取ろうとしなかった。

結局、ほんの数百円ほどの釣り銭は、今も手を付けないまま、澄哉の部屋の机の上に置いてある。

吾聞は「特に買うものがないなら、菓子でも買って食え」と言っていたが、聖職者を目指していた澄哉には、自分の娯楽のためにお金を使うという習慣があまりない。何となく使いそびれて、そのままになってしまっていた。

そういえば、三食賄いつき以外の条件はほとんど聞かないまま「純喫茶あくま」に就職した澄哉だったが、最初に迎えた金曜日の夜に、吾聞に実に短く「土日は休みだ。好きに過ごせ。賄いはないが、自分で飯を作るなら店の食材を何でも使っていい」と言い渡された。

昼間に営業しない上、週末も店を閉めるとは……と、澄哉は驚いたが、よく考えてみるとここはオフィス街なので、週末に営業する意味はあまりないのだった。

週末の吾聞は何をするのだろうと、澄哉はちょっと興味を持っていた。

しかし吾聞は、リビングで音楽を聴いたり、読書したりと普段と同じく静かに過ごしていることが多くて、まったく意外性がない。

さて、自分は何をして過ごそうかと思案するうち、澄哉はあることを知った。この家には、小さな庭があるのだ。

平日は起きるとすぐ店に下りてしまうし、店から外は見えないので、澄哉は家の裏手に庭があることをしばらく知らなかった。

気付いたのは、カウンターの下で園芸道具が段ボール箱に詰め込まれ、埃《ほこり》を被っているのを見つけたからだった。

訝《いぶか》しむ澄哉に、吾聞はそこで初めて、カウンターの奥にある扉を開ければ庭に出られると告げた。澄哉とて扉の存在には気付いていていたのだが、その前にあれこれと箱が積み上げてあったので、わざわざそれらをどけて扉を開いてみようとは思わなかったのだ。

好奇心にかられて庭に出てみた澄哉は、呆然と立ち尽くした。

そこには、「おそらく、かつて庭であったであろう空間」が広がっていたのである。

桜や椿《つばき》といった、いかにも庭木らしい樹木が植えられ、シンプルなデザインの手水鉢《ちょうずばち》もあったが、崩壊寸前の竹塀に囲まれた空間を支配しているのは、圧倒的な密度と草丈の雑草だった。

いったいどうしてこんなことにと、思わず若干非難めいた口調で問い質《ただ》した澄哉に、吾聞は珍しく決まり悪そうにこう答えた。

「敬介は庭いじりが趣味だったが、俺にはまったく興味がない。誰も見ない庭を手入れしても、意味はあるまい」と。

吾聞は、先代店主である「敬介」のことをベラベラ語りはしなかったが、澄哉が訊ねると、断片的に教えてくれた。

敬介のフルネームは相馬敬介、元は画家だったが、自分の好きな純喫茶がどんどん姿を消していく現状を憂えて、自宅を改装し、みずからの理想の喫茶店を開いた。

店内の調度品やメニューは、今も敬介が調えたものをそのまま使っているらしい。澄哉が最初の朝に感じたとおり、彼が今使っている部屋では、かつて敬介が寝起きしていたそうだ。当然、壁の絵も若き日の敬介の作品である。

そんな芸術家の敬介だけに、きっと自宅の庭も、かつては美しく手入れしていたのだろう。しかし、三年前に肺癌《はいがん》で他界したという彼の死後、吾聞はまったく庭を顧《かえり》みず、今の惨状を招いてしまった。

その哀れすぎる眺めに胸を痛めた澄哉は、週末になると敬介の遺《のこ》した園芸用具を持ち出し、庭の手入れをするようになった。

そうはいっても、ガーデニングなどこれまでやったことはない。とにかく、まずは草抜きから取りかかることにした。

小さい庭とはいえ、三年間も茂り放題だった雑草を抜き、ゴミ袋に詰めるだけでも何日もかかる。とくにこの時期、雑草は一日でとんでもなく育つため、前の週に綺麗にしたはずの場所にまたもっさりと雑草が生えていて、思わず脱力して頽《くずお》れる羽目になったりもする。

吾聞は、澄哉の庭弄《いじ》りに異を唱えない代わりにまったく手伝いもしないので、単純作業にもかかわらず遅々として進まない。

結局、一ヶ月がかりで、どうにか庭の端までたどり着けるルートが開けたという程度だ。

そんな風に、澄哉が仕事にも、吾聞との互いにあまり干渉しないあっさりした同居生活にも慣れた、五月も終わりに差し掛かったある日のこと……。

久しぶりに午後から雨が降り始め、夕方に店を開けてからも雨足は強くなるばかりだった。

当然、店に来る客はいつもよりずっと少なく、日付が変わる頃には、店内には誰もいなくなってしまっていた。

吾聞は客がいないにもかかわらず律儀にレコードを掛け続け、澄哉はシンクに溜まった食器を洗っていた。

二人の間にはこれといって会話はなかったが、店内に流れるモーツァルトのヴァイオリンソナタが心地よく空気を満たしている。

レコードの盤面に小さな傷があるのか、あるいは埃に反応しているのか、時々プツンと小さなノイズが入るのも、どこか懐かしい味わいがあっていい。

相馬敬介はオーディオに強いこだわりがあったらしい。音楽には門外漢の澄哉でさえ知っている、どこか僧侶を思わせる名前の有名メーカーのスピーカーは、特にヴァイオリンのうねりのある高音と相性がいいようだ。

吾聞は「音楽にさして興味はない」と言っていたが、百枚以上あるレコードの中から、特にモーツァルトとワーグナーをよくかけるところを見ると、それなりに好みはあるのだろう。

毎日必ず一度は聞くヴァイオリンソナタの旋律は、澄哉の頭にもすっかり染み込んでしまった。スポンジで皿を擦りながら、つい低くハミングしてしまう。

澄哉が食器を洗い、拭き終わる頃、暇を持て余した吾聞はとうとうスツールに座り、長い脚を組んで読書を始めた。

少し離れたところで、やはり木製のあまり脚が長くないスツールに腰掛けた澄哉は、そろりと身を屈め、吾聞が読んでいる本の表紙を覗き見た。

(吾聞さん、太宰《だざい》とか読むんだ。僕も『人間失格』とか『走れメロス』とかは教科書で読んだけど……『女生徒』って、聞いたことがないタイトルだな)

やはり読書家は違うと澄哉が感心していると、その視線に気付いたのか、吾聞が本から顔を上げ、澄哉を見た。

ジロジロ見られて不快に思っているわけではなさそうだったが、吾聞はあまり瞬きをしないので、凝視されると妙なプレッシャーを受ける。澄哉は慌てて謝った。

「すみません、邪魔して」

「……別に邪魔された覚えはないが、何だ、暇なのか？」

実にフラットに問われ、澄哉は遠慮がちに頷き、客席に視線を向けた。

「少し。だって吾聞さん、さっきから全然お客さんが来ませんよ」

吾聞は本を閉じ、軽く首を傾げた。

「仕方あるまい。まだ、雨音が強い」

澄哉も耳を澄ませ、頷いた。

古い家なので、防音性はあまりよくない。アスファルトを叩く雨の単調な音が、音楽の切れ目にハッキリ聞こえる。

「今日はもう閉めるか？　久しぶりに、暗い内にベッドに入れるぞ。お前のような真っ当な人間には嬉しいだろう」

吾聞は投げやりな口調でそう言ったが、澄哉は困り顔で異を唱えた。

「でも、吾聞さん。この土砂降りの中でも、もしかしたらわざわざ来てくれるお客さんがいるかもしれません。そういう人が、僕らがいつもより早く店じまいしたせいで、腹ぺこのまま濡れて帰る羽目になったら、申し訳ないですよ」

　すると吾聞は、片眉を軽く上げ、口元を歪《ゆが》めて皮肉な笑みを浮かべた。

「まったく、お前はいちいち真面目な上に、他人のことばかり案じる奴だな。それは、神の僕《しもべ》とやらをやっていたせいか？」

　どうやら、吾聞は読書を諦め、澄哉と話をしたい気分になったらしい。澄哉はそのこと自体は嬉しく思いながらも、質問の内容には困りつつ口を開いた。

「確かに、聖職者は奉仕の人生を送るって言われたりしますけど、僕のは敢えて身につけた習性っていうんじゃなくて……」

「自己犠牲の精神をすり込まれて生まれてきたとでも言うのか？」

「そんな極端な。僕だって、普通の子供でしたよ。両親に我《わ》が儘《まま》を言ったり、友達とケンカしたり。他の子たちよりは、大人しかったそうですけど」

「では、いつから今のようになった？」

　澄哉は、小首を傾げて考えながら答えた。

「たぶん、相次いで親を亡くしたときからだと思います。うちの両親、一人っ子同士でしたから、親戚と呼べるのは祖父母だけだったんです。当時は母方の祖母だけが存命でしたけど、脳の病気で長らく施設にいて、僕の顔もわからない状態でしたから、頼れませんでした」

「天涯孤独になったと以前言っていたのは、そういう経緯か」

当時のことを思い出したのか、澄哉は繊細な造りの顔を曇らせる。

「はい。ひとりぼっちになった途端、自分ひとりでは何もできないんだと思い知らされました。親の借金のこととか、祖母の生活費のこととか、家財の整理とか……突然、色んなことがのし掛かってきて、ただアワアワするばかりで」

吾聞は軽く眉根を寄せ、どこか呆れ顔で相づちを打った。

「人間というのは厄介だな。ほんの短い人生だというのに、おのれの身体が塵《ちり》になった後も、莫大《ばくだい》な厄介ごとを遺していく」

澄哉は、肯定とも否定ともつかない曖昧な頷き方をした。

「厄介ごとだけじゃなかったですけど……でも、そうですね。僕にはどうしていいかわからない問題がたくさんありました。借金を返すために家を処分するなんて、高校生にはどこから手をつけなくちゃいけないか、想像もつかないでしょう？」

「そういうものか」

「ですよ。そんなとき、教会の方々や信者さんたちが親身になって相談に乗ってくださったり、面倒を見てくださったりして、僕は本当に救われたんです」

「……ほう」

「人間はひとりじゃ何もできないんだ、誰かに助けてもらって、どうにか生きていける生き物なんだと思い知りました。だから……そのときもらった思いやりの欠片くらいでも誰かに返せるように生きていきたいと思うんです。教会を離れても、その思いは決して消えません。自己犠牲なんて大層なものじゃなくて、単に、自分が受けた恩を返したいだけなんです」

「ふむ？」

どちらかといえば大人しい澄哉にしては珍しいほどのきっぱりした口調に、吾聞は鋭い目を軽く細めた。それだけの仕草で、今の澄哉には、吾聞が微妙に戸惑っているのがわかる。

吾聞はどうやら、澄哉の言葉の意味を理解しかねているらしい。

（太宰とかすら読んじゃうくせに、吾聞さん、わりと人の心の機微に疎《うと》い気がする。興味はあるみたいなのに、僕の言うこと、よく「わからない」って顔で聞いてるしなあ）

不思議に思いつつ、澄哉は言ってみた。

「勿論、吾聞さんも、恩返ししたい人のひとりですよ？　僕はどん底のときに吾聞さんに助けてもらったわけなので、いつかどんなにささやかでも、そのご恩は……」

するど吾聞は、やけに不満げな尖《とが》った口調で、澄哉の話を遮った。

「俺たちの間に、恩義という言葉は不要だ。契約したことを忘れたのか？」

澄哉が狼狽えながらかぶりを振る。

「いいえ、覚えてます。だけど、助けてもらったのは事実……」

「俺はお前を雇い、お前は俺の近くで、心を偽らず生きる。そういう条件で契約が成立した以上、恩に着る必要はないと言っている」

やけにピシャリと言い切る吾聞に、澄哉は困惑して絶句した。

（それって、自分に恩返しは必要ないっていう吾聞さんの優しさなんだと思うんだけど。でもなあ……どうしてそういう言葉の選び方になっちゃうのかな）

躊躇いつつも、思いきって澄哉は再び口を開いた。

「前から不思議に思ってたんですけど、吾聞さんは、どうして『契約』って言葉を使うんです？　敬介さんのときも、僕のときも」

長い黒髪をうなじで結び直しながら、吾聞はむしろ怪訝そうに問い返してくる。

「互いに出し合った希望を、互いに受け入れ、叶えると約束する。それを契約以外の言葉で何と表現するんだ、お前は？」

真正面から問われ、澄哉はウッと言葉に詰まった。吾聞の表情からは、彼が澄哉を言葉遊びでやり込めようとしているのではなく、本当に不思議がっているのだと知れる。

「そ、そう言われると僕も困っちゃいますけど。ていうか、確かにそうですね。契約で正しいような……」

「だろう？」

「でも、何だか契約って、言葉の響きが冷たいっていうか、ビジネスライクな感じがして、寂しい気がします」

澄哉の言葉に、吾聞は眉をひそめた。

「冷たい？　寂しい？　言葉には、辞書に書いてある意味以上のものはなかろう」

澄哉は今度はハッキリと首を横に振った。

「そんなことはないですよ！　言葉って、色んな気持ちを連れてくるっていうか……たった一つの単語が強い感情を呼び起こすことって、絶対あると思いますけど」

「ふむ」

鋭角的な顎に軽く手を当て、吾聞は何故かとても興味をそそられた様子で、澄哉の顔をひたと見た。

「契約という言葉を聞くと寂しくなるのは、お前だけか？　それとも、人間皆がそう感じるのか？」

「ええっ？　ええと……そりゃやっぱり、それぞれが生きてきたバックグラウンドが影響することだと思うので、同じ言葉を聞いても、人によって印象は違うと思いますよ？」

「どういうことだ？」

「た、たとえば、営業さんなんかだったら契約が上手く行けば嬉しい仕事ですから、『契約』って聞くとウキウキするかも」

「……なるほど」

まるでこれまでそんなことを考えたこともなかったと言いたげに、吾聞はロダンの「考える人」そっくりのポーズで物思いに耽《ふけ》り始めてしまった。澄哉はそんな吾聞の様子に困惑しきりで、もじもじするばかりである。

「あの……すみません、僕がややこしいことを言っちゃった、んでしょうか」

すると吾聞は、そこに自分以外の人間がいたことを久々に思い出したような顔で「ああ」と視線を澄哉に向けた。

「いや、実に興味深い。他に、お前が特有の感情や印象を持つ言葉はあるのか？」

今度は、澄哉が考え込む番だった。自分の腿に両手で頬杖をついてしばらく思いを巡らせていた彼は、背筋を伸ばしてこう言った。

「たとえば、『家族』って言葉を聞くと、温かい気持ちと悲しい気持ちが両方こみ上げてきます」

「相反する感情が同時に呼び起こされることもあるのか？」

澄哉は、目を伏せてゆっくりと頷いた。長いがまったくカールしていない睫毛《まつげ》が、下瞼に淡く影を落とす。

「はい。死んだ両親との思い出は、いつだって心を温めてくれます。でも、あんなに早く二人とも死んでしまうとは思ってもいなかったので、何一つ親孝行が出来なかったことは悲しいし、悔しいし、情けないです」

「感情が増えたな」

「あ……ホントですね」

澄哉は寂しい微笑を浮かべ、吾聞に問いかけた。

「吾聞さんも、ご両親を早くに亡くしたようなことを仰ってましたけど、僕と同じように感じたりはしないんですか？」

すると吾聞は、薄い唇をへの字にして答えた。

「俺は、そんなことを言った覚えはないぞ」

「えっ？　だけど、親はないって、以前に」

吾聞はこともなげに頷く。

「そのとおりだ」

「それって、亡くなったんじゃないんですか？　もしかして、生き別れ、とか？」

躊躇いながらも食い下がる澄哉に、吾聞は軽く憤った口調でつっけんどんに言い返した。

「違う。何だってお前はそう、俺にいもしない親を持たせたがるんだ？」

「いもしないって……」

「俺には親など存在せん」

きっぱりと、同時にやけにあっけらかんと言い放ち、吾聞はふと思い出したようにこう続けた。

「家族、か。そういえば、敬介も家族について語っていたことがあったな」

その声音が妙に懐かしそうだったので、澄哉は「親は存在しない」という言葉の意味をちゃんと説明してくれと吾聞にせがむチャンスを失ってしまった。

「敬介さんも？　敬介さんは独身だったんですよね？　あ、もしかして、親御さんやご兄弟の話ですか？」

吾聞は頷いた。

「田舎の大家族で賑やかに育ったらしい。まさか将来、自分がひとりぼっちになるとは思わなかったと……家族というのは温かでいいものだと敬介も言っていた。俺が家族を知らないと言うと、『家族にはなれないが、家族ごっこはできるよ』と笑った」

「家族ごっこ……」

「この世のことに疎い俺に、敬介は父親のようにあれこれ教え込んだ。もっとも『父親のように』とは敬介が冗談めかして言ったことで、俺は父親がどんなものかすら知らんがな」

澄哉はハッとして吾聞の端整な顔を見た。

「それで吾聞さん、相馬吾聞って、敬介さんの名字を名乗ってるんですか？」

吾聞は膝の上で文庫本を弄びながら浅く頷く。

「今となっては、ただの通り名だ。家族ごっこの残骸だな」

それを聞いて、澄哉は泣きそうな顔をした。

「残骸なんて、言わないでください。悲しくなります」

「またか。だったら、どんな言葉ならお前は納得するんだ」

不満げに吾聞に問われ、澄哉は優しい眉をハの字にしたまま口ごもった。

「それは……せめて、名残、とか」

「名残は悲しくない言葉なのか？」

即座に問いを重ねられ、澄哉は困り果ててしまう。

「うう、確かに『名残』って言葉も、寂しさとか悲しさとかと結びついてはいますけど、残骸よりはマシっていうか、少しだけ素敵な感じがするっていうか」

「……違いがわからん」

吾聞はどこまでも真面目に追及してくる。

「何て言えばいいのか……」

澄哉が実に追い詰められた気持ちで必死に考えていたそのとき……。

入り口の引き戸が開き、久しぶりの客が現れた。

「あっ」

澄哉にとっては、まさに「救いの神、到来」である。彼は弾《はじ》かれたように立ち上がった。

「いらっしゃいませ！　お好きなお席にどうぞ」

声を掛けると、店内を窺《うかが》うようにキョロキョロしながら入ってきた小太りの中年男は無言で頷き、戸口にいちばん近いテーブルについた。

「………………」

吾聞はその男性客を鋭い目で観察しながらも、スツールから腰を上げようとはしない。

澄哉はいそいそと、水のグラスを男のテーブルに運んだ。

「ご注文がお決まりになりましたら、声をお掛けください」

すっかり板に付いたいつもの言葉と共に、グラスを男の前に置いた澄哉は、ふと、男の様子が少し奇妙なことに気付いた。

夜になって多少は涼しくなったものの、降り続く雨のせいで湿度が高い。シャツの袖をまくり上げたままでも少しも寒くない程度の体感温度である。

それなのに男は革ジャンを着込み、ニットキャップを目深に被っていた。しかも右手を革ジャンのポケットに突っ込んだまま、テーブル上のメニューを見る気配がまったくない。

（寒いのかな……。窓際だから、隙間風が気になるんだろうか）

心配になった澄哉は、男が座る椅子に近づいた。

「あの、もし寒いようでしたら、膝掛けでよろしければお出ししましょ……うわッ⁉」

最後まで言い終えることができず、澄哉は驚愕の表情で飛び退る。

いきなり男がポケットから右手を抜き出し、澄哉のほうに向かって突き出したのだ。その手には、二つ折りになるバタフライナイフが握られている。

「な……っ」

澄哉に逃げる暇を与えず、男は弾かれたように立ち上がり、澄哉の首にナイフの刃をあてがった。

「金、金出せよ」

疑う余地もなく、この男は最初から強盗目的で店に入ってきたらしい。

この状況ではあまりにも予想どおりの要求とはいえ、実際に犯罪に巻き込まれたことのない澄哉は、真っ青な顔で唇を震わせるばかりだ。

「おい」

吾聞はカウンターから出ようとしたが、男は澄哉に負けず劣らずの蒼白《そうはく》な顔を引きつらせ、掠《かす》れた声を張り上げた。

「お前は動くな！　動いたら、こいつの首をぶった切るぞ！　警察に電話もするなよッ」

頭を動かすと、ナイフに首を押し当てることになってしまいそうだ。澄哉は必死で眼球だけを動かし、吾聞に犯人を刺激しないよう懇願する。

「………」

吾聞は別段動じる様子もなく、いつもとまったく変わらない無表情で、軽く両手を挙げてみせた。相手を小馬鹿にするような仕草ではあるが、それに腹を立てる余裕が男にはないようだった。

「レ、レ、レジに金があんだろ？　その、今から俺と一緒にレジに行って、金をあるだけ出せ！　そ……そうすりゃ、命は取らずにおいてやるっ」

上擦った声で男はそう言い、たるんだ顎をレジのほうにしゃくってみせる。自分より華奢《きゃしゃ》で気弱そうな澄哉なら、素直に言うことを聞くと踏んだのだろう。口ごもりつつも、幾分余裕を取り戻した様子だ。

しかし、肌をちくりと刺激するナイフの刃に怯《おび》え、小刻みに震えながらも、澄哉は弱々しい声で言った。

「だ……駄目です、そんなこと！」

「ああ⁉」

予想外の澄哉の抵抗に、男は鼻白みながらも、澄哉の首に押し当てたナイフを持つ手に、グッと力を込めた。

「……ッ」

決して深くはないが、確実に皮膚が切れたチリッとした痛みに、澄哉は息を詰める。

「殺すぞ！　お、脅しとかじゃ、ねえんだからな！」

極度の緊張が怒りと高揚感に変わりつつあるのか、男は目元を赤くして喚《わめ》いた。澄哉は、首筋をたらりと生温かい血が伝う気持ちの悪さに必死で耐えていた。

心臓は胸を破って飛び出しそうな勢いで拍動しているし、ショックのせいか、吐きそうに気分が悪い。膝もガクガク笑っている。

それでも彼は、喘《あえ》ぐような呼吸の合間に、声を張り上げた。

「お金は出せません！　僕も殺さないでください」

「な……な、なん、なんでだよっ！　何言ってんだよお前、わけわかんねえよ！　殺されたくなきゃ金を出せって言ってんだろが、俺は！」

男は狼狽えて、地団駄を踏みそうな勢いで怒鳴る。澄哉は震える声で言った。

「どっちも、お断りします。僕が命惜しさにお金を差し出したら、あなたを盗っ人にしてしまうから。僕を殺させたら、あなたを人殺しにしてしまうから」

「ああ!?」

「あなたは僕を傷つけましたけど、ほんの少しです。今ならちょっとした間違いって、僕は言えます。まだ、お金も盗ってません。でもこれ以上のことをしたら、あなたは犯罪者になってしまう。僕は、あなたをそんな風にしたくはありません」

「て、てめえ、何言って……」

「お願いです。思いとどまってください」

澄哉の必死の懇願は、かえって男を混乱させ、昂《たか》ぶった神経を刺激してしまったらしい。男の顔は紅潮を通り越し、どす黒くさえ見えてきた。

「この野郎……ッ！　ふざけんな！」

憤怒の表情で怒鳴り、男はナイフにもう一方の手を添えた。

（殺される……！）

澄哉は思わずギュッと目を閉じ、意味はないとわかっていたが、反射的に身を縮こめた。

だが、次の瞬間、彼が受けた衝撃は、ナイフに頸動脈《けいどうみゃく》を切り裂かれるそれではなかった。

「……え……？」

何か大きなものに背後から抱き込まれるような、そんな思いもよらない感覚に、澄哉は怖々目を開け……そして、驚きのあまりヒッと喉を鳴らした。

ついさっきまでカウンターにいたはずの吾聞が、右腕でしっかりと澄哉を抱いて庇《かば》い、もう一方の左手で男が突き出したナイフの刃をガッチリ握り、澄哉の首から遠ざけていた。

「吾聞さんッ！」

悲鳴に近い澄哉の声を無視して、吾聞は落ち着き払った様子で軽く左手を捻《ひね》った。

男は両手でナイフを握っていたにもかかわらず、吾聞のそんな軽いアクションに呆気《あっけ》なく敗北し、バランスを大きく崩して、床にごろんと倒れ込む。

後ろ手でナイフを遥か向こうに投げ捨て、吾聞は澄哉を抱いたまま、片足で男の背中を思いきり踏みつけた。

「ぐうッ」

「俺のものに手を出そうとは、いい度胸だな」

吾聞の表情は氷のように冷ややかだったが、その押し殺した声には、静かな怒りが滲《にじ》んでいた。吾聞の怒気が、まるで電流のように澄哉の皮膚をピリピリ震わせる。

(吾聞……さん……?)

「お、お前、いつの間に……っ」

同じ圧迫感を、吾聞の足の下で無様に蠢《うごめ》く男も全身で味わっているのだろう。まるで潰された虫のように、弱々しく手足をもがかせるだけだ。

「俺が、この店をお前ごときの血で穢《けが》したくないと思うことを、一生に一度の幸運と思え。さもなくば、この場でお前の手足を引きちぎるところだ」

そう言い放ち、吾聞は革靴のつま先で、男の腹を思いきり蹴りつけた。

「うぐッ」

苦悶《くもん》する男に、吾聞は能面のような顔で吐き捨てる。

「俺がお前の顔を覚える前に、とっとと消えろ」

「ひ、ヒイイイッ」

片手で腹を抱え、もう一方の手でどうにか丸っこい身体を支え、男は這《は》うようにして店から逃げ出していく。

状況にまったくそぐわないモーツァルトが流れ続ける中、店内には吾聞と澄哉だけが残された。

極度の恐怖から解き放たれた安堵と、初めて吾聞の怒りに触れた驚きと、凄まじい脱力感で、澄哉はしばらく人形のようにぼんやりしていた。

「あ……」

だが、ゆっくり我に返ると共に、自分がしっかり吾聞に抱き締められていることを再確認し、途端に羞恥が凄い勢いでこみ上げてくる。

「あ、吾聞さん？」

「うん？」

「も……もう、大丈夫、ですから」

澄哉は湯気を噴きそうに赤面し、吾聞の胸を軽く押して身体を離そうとした。だが吾聞は、澄哉の腰に回した右腕を少しも緩めない。

「吾聞さん、ホントに……もう、平気ですから！」

澄哉は弱々しく訴えたが、吾聞はやけに楽しそうに目を細めた。さっき一瞬見せた怒りが気のせいだったのかと思うような、これまた珍しいほどの上機嫌だ。

「とてもそうは思えんがな」

「えっ？」

さらに強く澄哉を抱き締め、吾聞は笑いの滲んだ声で低く囁く。

「鼓動が、早鐘のようだぞ。それに、両脚が生まれたての子鹿のような有様だ」

「うっ……そ、それは」

「今、俺が手を離したら、お前は腰を抜かして床にへたり込んでしまうだろう。さっきは見かけによらず強気な発言をすると感心したが、その実はこうも怯えきっていたとはな」

そう言われては返す言葉もなく、澄哉は羞恥と自己嫌悪で赤くなったり青くなったりする。

「す……すみません。僕、口ばっかりで。あんな偉そうなこと言っても、結局何もできませんでした。吾聞さんが庇ってくれなかったら、きっと刺されてました。あの人の心を変えることもできませんでした」

「だろうな。言葉一つで改心できるなら、押し込み強盗など企《たくら》むまい」

「うう、た、確かに」

「お前は、お前なりの誠実さであの男に相対した。それを受け入れるかどうかは、あの男の問題だ。お前には関係がない」

「吾聞さん……」

「いいから、落ちつくまで大人しくしていろ」

ただ淡々と澄哉の行動を肯定して、吾聞は左腕も澄哉のほっそりした身体に回す。まだ全身の震えが止まらず、脚に力が入らないのはどうしようもない事実だったので、澄哉は諦めて身体を吾聞に預けた。

よほど体温が低いのか、密着していても吾聞の熱を感じることはなかったが、興奮冷めやらぬ今の澄哉には、それがかえって心地よかった。

着痩《や》せするたちなのか、吾聞の胸は思ったよりずっと広くたくましい。情けないと思いつつも、守られていると身体じゅうで感じられて、澄哉はどうしようもなく安心してしまっている自分に気付いた。

「……誰かに抱き締められるなんて……久しぶりです」

吾聞のエプロンの胸に頬を押し当てたまま、澄哉は思わずそんな言葉を漏らした。すると吾聞は、しばらく沈黙してからこう問いかけてきた。

「昔の男を思い出しでもしたか？」

低い声に嫌悪の色はなかったが、澄哉はハッとして、吾聞の胸から顔を離した。力強い両腕に縛められたまま、それでも一生懸命、吾聞の顔を見上げる。

「ごめんなさい。やっぱり、気持ち悪いですよね」

すると吾聞は、真顔で問いかけてきた。

「何がだ？」

「何がって……その、吾聞さんは僕を落ちつかせようとしてくれているだけなのに、前に付き合ってた男の人を思い出すとか、失礼でした。吾聞さんは、同性に興味なんかないのに」

自己嫌悪しながらも、澄哉はそう言った。だが吾聞のほうは、少し不満げに、スッと通った鼻筋に浅いしわを寄せた。

「俺の嗜好《しこう》を勝手に決めるな」

「えっ……んっ⁉」

驚いて軽く開いた澄哉の唇が、吐き出そうとした言葉ごと、吾聞の唇に覆われる。何故か、不思議なくらい体温を感じさせない強引な舌の侵入に、澄哉は目を白黒させるばかりで、抵抗することすら出来ずにいた。

「ふ……ぅ、はあっ」

いつぞやの「味見」どころではない深さで貪られ、唇がようやく離れたときには、せっかく落ちつきつつあった澄哉の呼吸は、また哀れなほどに乱れてしまっていた。

「な……な、なっ、なに、を」

澄哉の濡れた唇を親指の腹でぐいと拭って、吾聞は右の口角だけを吊《つ》り上げた。

「俺は、男だの女だの、そんな細かいことはどうでもいい」

「こまかい……ことって……」

「気に入った奴を食らう。それが俺のやり方だ」

堂々と宣言しながら、吾聞の手が、澄哉の首の左側……さっき、強盗にナイフで浅く切られた傷に触れる。

「痛っ」

思わず小さな悲鳴を上げる澄哉に構わず、吾聞は長い指の先についた、乾きかけた赤黒い血をペロリと舐めた。

「あ、吾聞さん……？」

澄哉の血をゆっくり味わいながら、吾聞はニヤリと笑った。まるで、大きなヤマネコが、ネズミを捕らえてほくそ笑んでいるような表情だ。

「お前の感情の揺れが大きければ大きいほど、俺には心地よい」

「あの……意味が、よくわかりません」

「お前が理解する必要はない。ただ、お前は契約を忠実に果たしているとだけ教えてやろう。心を敢えて偽らないのか、馬鹿正直過ぎて偽れないのかは知らんが、こうも裏表のない人間を、俺は見たことがない」

「え……っ？」

戸惑うばかりの澄哉の瞳を覗き込み、吾聞は楽しげに言い募った。

「誰でも、普通は他人に心の奥底を覗かれることを嫌う。特に、嫉妬や競争心、恨み、欲望といった、本能的に抑えきれない感情ほど、隠したがるのが人間という生き物だ」

やけに哲学的なことを語る吾聞に、澄哉は小さく頷く。

「それは……確かに」

「だが、お前は何一つ隠さない。以前の男のことも、俺は敢えて訊かんと言ったのに、お前はみずから白状した。暴く楽しみがないのは惜しいが、その心の透明度の高さは驚異的だ」

澄哉は小さく首を傾げた。

「それは、ええと……褒められてるんでしょうか、それとも」

「わりに褒めている」

「……はあ」

「俺はお前が気に入っているということだ。本格的に食らってもいいほどにな」

「えっ⁉」

吾聞の腕の中で、澄哉は身体を強張らせる。さっきの吾聞のやけに情熱的なキスが甦《よみがえ》り、頬が燃えるように熱くなった。

「吾聞さん、そ、そ、そ、それは……っどう、いう」

　このまま行為に及ばれたらどうしようという動揺や警戒心を欠片も隠さない澄哉に、吾聞は素っ気なく応じた。

「言葉のままの意味だ。だが、安心しろ。無理強いなどという面倒なことはせん」

　そう言いながら、吾聞は片足で無造作に客席の椅子を引くと、両腕で支えながら、澄哉をそこに掛けさせた。

「あ……」

　強引な腕から解放されてホッとしているはずなのに、どこか物寂しさを感じる自分に気づき、澄哉は酷く戸惑ってしまう。

　そして、そんな複雑な感情さえも、吾聞には漏らさず伝わってしまっているのだろう。

「何を不安げな顔をしている。俺はお前の真正面にいるぞ」

　可笑しそうにそう言い、吾聞は軽く両手を広げてみせる。その仕草を見て、澄哉はあっと声を上げた。

「そうだ、吾聞さん、手……！」

「うん？」

「左手ですよ！　さっき、ナイフを素手で摑《つか》んでたでしょう？　怪我したはずです。手当しないと」

澄哉はまだ立ち上がれないまま、両手をいっぱいに伸ばして吾聞の左手に触れようとする。だが吾聞は平然とした顔で、澄哉の鼻先で左手をヒラヒラしてみせた。

「えっ？」

澄哉は呆気にとられて目を丸くしたまま固まってしまう。

血だらけのはずの吾聞の左手には、血の一滴どころか、傷一つついていなかった。

「どういう……ことですか？」

「見たとおりだ」

吾聞は涼しい顔で嘯《うそぶ》いたが、澄哉は驚きの表情で、吾聞の左手と顔を交互に見比べた。

「そんな。だって、あのナイフ、玩具じゃなかったですよ？　僕の首はちょっとだけど切れたんだし。いったい……まさか吾聞さんって」

「俺が何だ？」

吾聞は正直な澄哉の反応を面白がるように、どこか禍々《まがまが》しい笑みを浮かべる。だが澄哉は、大真面目にこう言った。

「吾聞さんって、何かすっごい武術の使い手だったりするんですか？」

「な……っ!?」

あまりにも予想の斜め上の問いかけに、いつも冷静沈着な吾聞が、明らかに「ガクッ」とずっこける気配がした。澄哉は焦りながらも言葉を継ぐ。

「だ、だって！　そうでしょう？　ナイフの刃をあんなにしっかり摑んで平気だなんて、それ、真剣白刃取りっていうんですよね？　おまけに、カウンターの中から一瞬で僕のところに駆けつけてくれるなんて、凄い身のこなしですよ。空を飛んだみたいでした！　強盗も、あっという間に倒しちゃったし。ホントは吾聞さん、武芸の達人なんですねっ？」

「…………ッ」

微妙にバランスを崩した姿勢のまま呆然としていた吾聞は、やがて盛大に噴き出した。そのまま、声を上げて笑い出す。澄哉が初めて聞いた、心底、楽しそうな笑い声だ。

「えっ？　えっ？　あの、あ、吾聞、さん？　僕、何か変なこと言いました？」

「い……いや、ははははは、何というか、お前は本当に……ははは」

もはや大笑いである。

「え……えええええ？」

腹を抱えて笑い続ける吾聞に、澄哉はただなすすべもなく狼狽えるばかりだ。

「ああ……こんなに笑ったのはたぶん二世紀ぶりだぞ。お前は実に大物だな、澄哉」

そんな褒め言葉だか何だかわからないコメントを発して、ようやく笑いを引っ込めた吾聞は、それでもまだ肩を震わせながらこう言った。

「武芸の達人か。その発想は実に面白い。そういうことにしておけ」

「そういうことにしておけって……」

「俺を面白がらせた褒美に、いいものをやろう」

困惑する澄哉にはお構いなしで、吾聞はスタスタとカウンターの中に入っていく。

ほどなく戻ってきた彼の手には、細長い茶封筒があった。

「さっきの騒ぎで忘れるところだった。さらにお前の気分が良くなりそうなものをやろう」

そう言って差し出された封筒を、澄哉は不思議そうな顔をしながらも両手で受け取る。

「気分がよくなりそうなもの？　何ですか？」

すると吾聞は、壁のカレンダーを指した。

「何だ、忘れているのか？　昨日で、お前がここに来てきっかり一ヶ月だ。つまり、今夜の仕事が終われば、お前は給料を受け取る権利を得るわけだが、こんなことがあっては、今夜はもう店じまいだ。だから、それはお前のものだ」

「あ……」

封筒を軽く捧《ささ》げ持つようなポーズのまま、澄哉は呆気にとられた顔をした。

「吾聞さん、今日の昼間に傘を差して銀行に行ったの、もしかして僕のお給料を引き出しに？　雨の中をわざわざ、僕のために？」

吾聞は、小さく肩を竦めてみせる。

「まずは一ヶ月働いてみて、俺がお前の仕事ぶりに満足したら給料を受け取ると言ったのはお前だろう。承知した以上、雨が降ろうが槍《やり》が降ろうが、約束の日に給料を用意するのは俺の義務だ。……中を確かめてみろ」

「あ……は、はい」

躊躇いながらも、吾聞が視線で重ねて促すので、澄哉は封筒の中から一万円札を出して丁寧に数えた。

「十五万円！　こんなにいただいていいんですか？　あっ、家賃とか、食費とか、ここから支払いを……」

「それはもう差し引いた額だ。お前はその額に十分見合った仕事をしている。もし、不足だと言うなら、多少は交渉の余地も……」

「いえ！　十分です。十分過ぎます。こんなに……あの、お店、大丈夫ですか？」

澄哉はおずおずと訊ねた。

吾聞には求人の予定がなかったのに、彼は押しかけ女房のような状態で住み込み店員になってしまった。そんな澄哉に給料を出すことで、吾聞に無理をさせてはいないかと心配になったのだ。

　しかし吾聞は、あっさりとそんな不安を打ち消した。

「問題ない。かつて、敬介が俺に渡していた給料とほぼ同じ額だ。素直に受け取って、好きに使え」

「……ありがとうございます！」

　澄哉がようやく安心してペコリと頭を下げると、吾聞は瞬きで頷いた。

「掃除は朝でいい。戸締まりだけしっかりして、今夜はもう休め」

　そう言い残し、吾聞は踵《きびす》を返した。そのまま、カウンターを抜けて二階へと、黒い後ろ姿が消えていく。

「……はあ……」

　短時間のうちに様々なことがありすぎて、澄哉はまだ立ち上がる気力が戻らない。封筒を握ったまま、澄哉は思わずテーブルに突っ伏した。

「ますます、吾聞さんのことがわかんなくなっちゃったな。だけど……」

　自分で腕に触れると、さっき、吾聞に抱き締められて驚くほど安堵した自分の気持ちを思い出す。

「僕のこと、気に入ってくれてるって……嬉しいけど、本当にそういう意味でも……あるんだろうか」

芋づる式に、情熱的すぎる、そのくせどこか醒《さ》めたキスを思いだし、澄哉はうつぶせたまま頬を火照らせた。

「吾聞さん、本気なのかな。それとも、僕をからかって遊んでるのかな。だけど色々言うわりに、吾聞さんはいつも優しい。それに、僕は」

吾聞にキスされたとき、驚きはしたが、抵抗し、徹底的に拒否したいという気持ちは、まったく湧かなかった。

一方で、嬉しくて仕方がなかった、ときめく……という感じでもなかったように思う。驚きが去った今、澄哉の唇に残っているのは、鈍く疼《うず》くような微熱だけだ。

(嫌じゃ……なかった)

憧れて、片想いして、告白して、つきあって、結ばれる……そんなごく普通の恋愛すら、一度しか経験のない澄哉である。「手順」をまったく踏まない吾聞のやり方には、狼狽え、戸惑い、翻弄されるばかりだ。

それでも、吾聞のことを知りたいと思う自分の気持ちに、澄哉は気付いていた。

ただの好奇心ではなく、もっと吾聞との距離を近くしたい。

澄哉の何一つ隠せない気性を褒めてくれるくせに、自分のことはあまり語らず、感情をごく控えめにしか見せてくれない吾聞の、本当の心を覗いてみたい。

(僕は、吾聞さんのことをどう思ってるんだろう)

重ねた両腕に顔を載せ、澄哉は思いを巡らせた。

長い余韻の後、ぷつん、と小さな音を立て、演奏の終わったレコードから針が持ち上がる。

「僕は、吾聞さんが好きなのかな。それとも……好きになっていくのかな」

答える者のない問いは、未だ続いている小さな雨音に紛れ、夜の闇に消えていった。

四章　並んで歩きたい

澄哉が初月給を貰って四日後、土曜日の早朝のことだった。

洗い物を終えた澄哉が各テーブルと椅子の座面を綺麗に拭いているとき、床掃除中だった吾聞が、ふと掃除機のスイッチを切って口を開いた。

「今日は何か予定があるのか?」

そんなことを初めて問われた澄哉は、驚いて布巾を持ったまま背筋を伸ばし、吾聞を見た。

「いいえ、特には。どうしてです?」

不思議そうに問い返した澄哉に、吾聞はいつもの感情のこもらない声で言った。

「午後から……そうだな、三時頃に出掛ける。一緒に来るか?」

意外な問いかけに、澄哉は返事をするのも忘れて固まってしまった。

そんな風に、オフの週末に行動を共にしようと誘われたのは初めてだったのだ。

そもそも、一つ屋根の下に暮らしているといっても、平日に二人が話をする時間はそう長くない。

仕込み中は何かと慌ただしいし、その後の自由時間は何となく別々に過ごすことになってしまっている。

営業中は、店内に客がいる限り、吾聞は絶対に私語をしない。それはプロフェッショナルとしてとても尊敬できる態度なので、澄哉も吾聞に倣《なら》い、オーダーを通す以外の余計な言葉を彼にかけないようにしている。

つまり、客足が途絶えない限り、最後の客を送り出す明け方まで、二人が言葉を交わすことはないのだ。

その後は、手早く後片付けや店内清掃を済ませ、交代で風呂を使ってそれぞれの部屋で就寝……という流れなので、正直、まともに話をするのは、起き抜けにカウンターの中でブランチを食べるときくらいだ。

それとて三十分あるかないかなので、なかなかゆっくり語り合い、互いに理解を深めるというわけにはいかない。

一度、休みの日に吾聞とゆっくり話してみたいと澄哉は思っていたのだが、まさか吾聞のほうから誘ってくれるとは予想だにしなかったのである。

だが、そんな澄哉の驚きや戸惑いに気付かない様子の吾聞は、彼の沈黙を誤解したらしい。軽く眉根を寄せ、「気が乗らないなら無理強いはしない」と投げつけるような口調で言った。

「あっ！　あ、いえ、違います！」

また掃除機のスイッチを入れようとした吾聞を、澄哉は両手をぶんぶん振って制止した。

「何がだ？」

「気が乗らないとかじゃなくて、吾聞さんがそんな風に誘ってくれたのが初めてだったから、ビックリしただけです。凄く嬉しいです」

「なら……」

即座に、澄哉は何度も頷く。

「行きます！　勿論、ご一緒します。ああでも、どこへ行くんですか？」

すると吾聞は、ニコリともせず簡潔に答えた。

「ただの、長い散歩だ」

「散歩!?」

「そう思っておけばいい」

あっさり言い放ち、吾聞は今度こそ掃除機のスイッチを入れる。

見るからに年代物の、テントウムシをかたどったらしき赤い掃除機は、ぶおーん、と必要以上に景気のいい音を立てて再び動き出した。周囲に誰も住んでいないオフィス街だからこそ、こんな早朝から動かしても許される代物だ。

「……散歩、ですか」

もっとはっきりした目的があると思った澄哉は拍子抜けしてしまったが、吾聞と長く一緒にいられるなら、ただ歩くだけでも悪くはない。

（それはそれで、吾聞さんと初めてたくさん話ができそう）

そう考えると、胸の奥がほっこりと温かくなる気がした。

「凄く楽しみです、長い散歩」

掃除機の騒音の中、吾聞には届かないとわかっていたが、澄哉は小さな声で囁き、ニッコリした。そして、さっきより少し力を入れて、テーブル拭きを再開したのだった。

約束の午後三時前、何を着ていこうかとさんざん悩んだものの、散歩だしカジュアルなほうがいいだろうと、澄哉はTシャツにジーンズ、それに薄手のカーディガンに着替えてリビングに出ていった。

するとと吾聞は、いつものブラックジーンズにワイシャツ、それに麻とおぼしきシャリッとした質感のジャケットを着て、ソファーにゆったりと座っていた。

どうやら先に身支度を済ませ、澄哉を待ってくれていたらしい。

「すみません、お待たせしました。もしかして、僕もちゃんと上着を着ていったほうがいいですか？」

少し焦って訊ねた澄哉に、吾聞は腰を浮かせながら無造作に答えた。

「いや。長い散歩と言ったろう。服装はどんなものでも構わん。用意が出来たのなら行くぞ」

吾聞はテーブルの上に置いてあった財布をジャケットのポケットに突っ込むと、手ぶらでリビングを出ていく。

「はいっ」

澄哉も細長いボディバッグを背中に掛け、吾聞に続いた。

「本日定休日」の札がかかった店の扉を開けて、二人で一緒に外に出るのは、これが初めてである。

空は梅雨の前触れと言わんばかりに曇っていたが、そんなことは少しも気にならないほど、澄哉はドギマギしていた。

そもそも、吾聞と並んで歩いていいものか、それともやはり雇用関係があるのだから、少し遅れてついていったほうがいいのか、悩んでしまうのである。

二十六歳にもなって、そんなことでどうすると情けなく思いはするが、吾聞との関係性が今ひとつ確定しないため、立ち位置も定まらないのだ。

(吾聞さんってば、ハッキリものを言うかと思えば、何も言わないことも多いし……)

ひとまずは二歩ほど後をついていくことにして、澄哉は吾聞の広い背中をちょっと恨めしげに見やった。

あの強盗未遂事件以降も、二人はそれまでとまったく変わらない生活を続けている。

ドサクサ紛れに、端的に言えば「澄哉がタイプ」だという趣《おもむき》の発言をした吾聞だが、無理強いはしないという発言のとおり、あれ以来、夜這いをかけてくるわけでも、強引に触れてくるわけでもない。

あまりにもあっさりしているので、やはりからかわれたのではないかと、澄哉が不安になるほどだ。

それでも、あの夜、吾聞に抱き締められ、キスされて澄哉が抱いた吾聞への想い……彼をもっと知りたいという欲求は、日に日に強くなるばかりだった。

吾聞は自然に振る舞っているというのに、澄哉のほうはうっかり彼を意識してしまい、ちょっとした言葉や仕草を深読みして無駄にドキドキしたりする。

今も、先に歩く吾聞がチラと振り向いただけで、澄哉はあからさまにギョッとした。

「あの、何か?」

上擦った声で訊ねると、吾聞は苦笑いで顎をしゃくった。

「尾行の練習にしては、近すぎるぞ。そうでないなら、横に来い。話しにくいだろうが」

「は、はいっ」

澄哉は小走りで、吾聞に追いついた。身長差があるので「肩を並べて」という感じではないが、それでも並んで歩き始める。

「あ……雨、降らないといいですね」

何だか落ち着かず、つい当たり障りのない空模様に言及した澄哉を横目でチラと見てから、吾聞は曇天を見上げた。

「そうだな。まあ、夕方までは保つだろう」

「……はい。あの、週末はこの辺り、凄く閑散としてますね」

「そうだな。今の時期、休日出勤せねばならん奴は少ないのかもしれない」

「ですかね」

吾聞が話に乗ってくれたのに、相づち以上の気の利いた返事ができず、会話はそこで途絶えてしまう。

（ああ……僕ってどうしてこう、意識し過ぎると喋れなくなるんだろう）

澄哉は歩きながら、内心頭を抱えた。

せっかく吾聞と歩いているのに、この場にふさわしい話題が思い浮かばないのだ。普段なら、店のことを話題にしていれば何となく会話が成立するのだが、今は休日だ。店のことを持ち出すのはスマートではないだろう。

ではいったい何について語ろうかと、澄哉は狂おしく思いを巡らせながら吾聞の行くほうへひたすらついていく。

すると、いつしか二人は電車の最寄り駅に着いており、澄哉の鼻先には電車の切符が差し出されていた。

「あれっ？」

反射的に切符を受け取った澄哉は、不思議そうに吾聞の涼しい顔を見上げた。

「散歩じゃなかったんですか？」

吾聞は、眉根を一ミリほど寄せる。

「散歩だが？」

「でも、電車……」

「散歩の途中で電車に乗っても構わないだろう?」

「それは……勿論」

頷きがてら切符を見下ろし、澄哉はますます不思議そうな顔になった。切符に印刷されているのは、一駅二駅の運賃ではない。どうやら、ずいぶん遠くへ行くようだ。

「では行くぞ」

吾聞はそう言うなり、改札口に切符を滑り込ませる。

(こんな時刻から、いったいどこへ行くんだろう。わざわざ電車に乗るんだから、ホントにただ歩きに行くってことはないと思うんだけど、散歩日和じゃないしなあ)

澄哉は不思議に思いつつ、今はただついていくことにして、再び吾聞を追いかけた。

「急ぎではないから、のんびり座っていくか」

そんな吾聞の言葉に従って二人が乗り込んだのは、各駅停車の電車だった。

そもそも方角的に繁華街へ向かうほうではないので、週末といえども電車はガラガラである。二人が乗った車両には、他に三人しか乗り合わせていなかった。

カタン、カタン……という電車の規則的な振動に身を任せつつ、二人は並んで腰掛けていた。

歩いているときと違って、走行音がする分、沈黙はさほど重くはない。

澄哉が電車に乗るのは、吾聞の店にたどり着いた日以来だ。ちょっと新鮮な気分で車窓から流れる景色……主にありふれた町並みだが……を眺めていると、腕組みして座っていた吾聞が、ふと口を開いた。

「澄哉」

「あ、は、はい」

何度呼ばれても、吾聞の澄哉を呼ぶときの声の調子には、独特の響きがある。澄哉はビクッとして、傍《かたわ》らの吾聞を見た。

吾聞は、店にいるときと同じ感情の出にくいすまし顔で、唐突にこう問いかけてきた。

「家族とは、どういうものなんだ？」

「え？　家族、ですか？」

面食らう澄哉に、吾聞はさも当然といった顔つきで頷く。

「ああ。お前には両親がいた、つまり家族があったということだろう？　ならば、家族を定義できるはずだ」

「定義って……えええ？　ちょっと待ってくださいね」

澄哉は必死で考え、そして、あまり吾聞を待たせすぎないようにと、言葉を探しながら説明を試み始めた。

「ええと、家族っていうのは、血の繋《つな》がったユニット……いや、そうとは限らないか。えっと、まず男女が結婚することで家族が生まれ……ああ、これも違う。同性同士でも、たとえ結婚してない男女でも、長く一緒にいると家族って言ってもいい関係になる気がしますし、養子関係だって家族になるわけだし……あれ？」

「おい、さっぱりわからんぞ」

澄哉が大混乱しているのをやや面白そうに見やりつつ、吾聞は小言めいた口調で突っ込みを入れてくる。澄哉はますます慌てて、両手を意味もなく中空で動かした。

「ですよね！　僕も何だかわからなくなってきました」

「……おい」

「えっと！　とにかく、家の中で一緒に生活する人たちのこと……って言うと、下宿した家族は家族じゃなくなっちゃうし……うう、難しいなあ。たぶん、法律的にとか、辞書的にとか、そういう意味で言えば、家族っていうのは、夫婦とか親子とか、孫も入れると三世代とか、そういう婚姻関係とかごく近い血縁関係のあるユニット、ってことになるんでしょうけど……ピンと来ないんですよね」

吾聞は小さく頷く。

「法律や辞書が定義する家族と、お前が持っている家族のイメージが合致しないということとか」

澄哉は曖昧に頷いた。

「そういうことになっちゃいますね。僕は……たとえ血が繋がっていても、同じ家に住んでいても、心がきっちり結びついていなければ、家族とは言えないと思います。逆に、たとえ血が繋がっていなくても、遠く離れていても、特別な絆《きずな》を持ってさえいれば、家族だって思うんです」

「特別な絆？　それはどんなものだ？」

まるで幼い子供のようなストレートな問いを、吾聞は投げかけてくる。

（この人、ホントに人間関係に疎いんだな）

しみじみとそう思いながらも、そうした吾聞の質問に即座にはっきり答えられない自分もまた、これまで家族というものについて真剣に考えたことがなかったのかもしれない。

澄哉は反省しながら、再び口を開いた。

「そうですね……。親だったら、子供のことは、自分を犠牲にしても守りたいって思うみたいです。僕は親になったことがないからわからないけど、僕の両親はそう思ってくれてたんだと思います。父も母も、亡くなる前、遺される僕のことを本当に心配してくれていましたから。それこそ、自分の病気のことよりもずっと」

病床の父母の顔を思い出し、澄哉の目にじわっと涙が滲む。別に澄哉の顔を見ているわけではないのに、吾聞はボソリと言った。

「泣くようなことなのなら、それ以上言う必要はない」

労《いたわ》りの欠片もないような素っ気ない口調なのだが、澄哉には、吾聞のそういう言葉が不思議なくらい温かく胸に染みる。

「大丈夫です。ちょっと思い出しただけですから。……子供は、親のそういう想いを重たく感じたり、煙たがったりするんですけど、亡くしてみるとやっぱり、ありがたいなと思います。世界中で、そんな風に無条件に愛してくれる人って、やっぱり親だけだと思うので」

「それが特別な絆というものか。それで、家族というのは、具体的に何をするんだ？」

（またそんな、一言じゃ言えないことを……！）

さらに難しい質問を投げかけられ、澄哉は絶望の面持ちで天井を仰《あお》いだ。それでも、吾聞との会話が途絶えてしまうのが嫌で、中吊り広告の下端がわずかに揺れているのを睨みながら必死で言葉を絞り出す。

「何って……一言で言うなら、生活、かなあ」

「生活？」

「同じ家の中で寝起きして、顔を合わせたら挨拶して、一緒にご飯を食べて、一緒に笑ったり泣いたり怒ったりして、色んな話をたくさんして……。話っていっても、つまんないことだったりするし、テレビの話だったり、学校の話だったり、愚痴だったり、小言だったり、色々ですけど……。あっ、でも、家族だから出来る話もあれば、家族だからこそ言えない話もあるんですよね」

「家族だからこそ言えない話？」

「家庭はいわば自分の根っこみたいなものだから、そこに自分の居場所がなくなるって、とっても怖いことなんです。家族に怒られたり嫌われたり、心配されたりしそうなことって、凄く言いにくいんですよ」

澄哉の話に興味をそそられたらしく、吾聞はやたら黒々とした瞳で澄哉をじっと見つめる。

「たとえば？」

「うーん、つまんないところでは、たとえば試験の点数が凄く悪かったことを打ち明けられなかったり、シリアスなところでは、僕の父みたいに、自分が末期癌なことをギリギリまで僕に打ち明けられなかったり……」

吾聞はわからないと言いたげに端整な顔を惜しげなくしかめる。

「わからんな。前者については、言わなかったところでいずれは露見する。後者は、早く伝えたほうが、遺される者も後の段取りができていいだろうに。家族が大事だというなら、言うべきだろう？」

「そうなんですけど、やっぱり家族が心配する顔とか、怒る顔とかを想像すると、言いづらいんですよ」

吾聞は、呆れ顔で小さく溜め息をついた。

「まったく。人間という生き物は合理的でないな。いちいち理解に苦しむ」

それを聞いて、澄哉は小さく噴き出した。

「そんな他人事みたいなこと言って。吾聞さんだって、人間じゃないですか」

すると吾聞は、むしろ意表を突かれた様子で切れ長の目を見開いた。

「俺が？　人間？」

澄哉はそんな吾聞の冗談めいた台詞に、クスクス笑いながら頷いた。

「当たり前でしょう？　他に何だって言うんです？」

「悪魔だと言ったろう」

「それは、敬介さんとの言葉の綾《あや》でしょう？　もう、やだな。吾聞さんは、真面目な顔で冗談を言うから、突っ込みを入れていいのかどうかわかんなくなりますよ」

それに対する吾聞のリアクションを待たず、澄哉はこう続けた。

「それに吾聞さん、親はないって言ってましたけど、ホントは……」

「その通りだ。俺に親はない」

「うー……で、でも、敬介さんとは、『家族ごっこ』をしたんでしょう？　一緒に暮らしてる間、家族らしいこと、したんじゃないんですか？」

澄哉がそう言うと、吾聞は微かに首を傾げた。

「俺にはそれが家族らしいことかどうかわからんが、敬介はそう言っていた」

「それこそ『具体的』に、どんなことを？」

するとと吾聞は記憶をたぐり寄せるようにしばらくあらぬほうを見ていたが、やがてこう言った。

「敬介は、自分が親からしてもらったことを、俺にしてやりたいと言っていた。……おおまかに言えば、休みのたび、奴は俺をあちこち連れ回した」

「へえ……。どんなところへ？」

「映画館、他の喫茶店、レストラン、美術館、博物館、デパート、水族館……他にも色々だ。一度は、登山に連れ出されたこともあった。さすがにそれは、敬介のほうがへたばってしまって、一度きりだったがな」

「と……登山？　吾聞さんが？　リュックしょって？」

「リュックサックのことか？　ああ、オレンジ色の古いリュックサックを、敬介に借りた。そこに水筒やら弁当やら菓子やらタオルやらを詰めて持っていくのが登山の掟《おきて》だと聞いたから従ったが……何だ？　何をニヤニヤしている？」

「い、いえ、ニヤニヤだなんて、そんな」

澄哉は慌てて両手で口元から頬を覆った。運動という言葉とは……まして登山などという素晴らしく健康的な言葉とはまったく無縁に見える白皙《はくせき》の吾聞が、まさかのオレンジ色のリュックサックを背負って山登りとは。

その姿を想像しただけで、頬が引きつるほど笑いがこみ上げてくる。

「何がそんなに面白いのか知らんが、登山というのは、よくわからん行為だな」

「そう、ですか？」

笑いの発作が出そうなのを必死で喉元に押しとどめ、澄哉は掠れた変な声を出す。吾聞はそんな澄哉を横目で睨みながらも話を止めようとはしなかった。

「そう高くもない場所に、曲がりくねった遠回りの山道を苦労して登った挙げ句、弁当を食って帰ってくるだけだ。いったい何のために大挙して山へ押し寄せるのか、理解に苦しむ」

「そういう言い方をすると……間違ってはいないんですけど、身も蓋もないですね」

苦笑いする澄哉に、吾聞は不服そうに言い返した。

「俺がそう言うと、敬介も情けない顔でお前と同じことを言った。山の頂上から見下ろす景色は素晴らしいだろうと言われたが、俺にとってはさほど目新しいものではなかった」

「……そうですか？　爽快感とか、なかったですか？」

(吾聞さん、喫茶店の前は、高所で作業する仕事でもやってたのかな？　クレーンとか)

そのあたりを掘り下げて訊いてみたいと思ったが、今は吾聞の思い出話を遮りたくない。澄哉は、まだ降りる駅に着きませんようにと祈りながら、視線で続きをせがんだ。

「爽快感など、まったくなかったな。……ああ、ただまあ、広い空間で弁当を食うのは、そう悪くなかった。敬介がそのときだけ特別に作ったサンドイッチが、実に旨かったんだ」

そういえば、吾聞が以前、相馬敬介の喫茶店に居着くことにした理由が、彼の作るナポリタンスパゲティだったと言っていたのを、澄哉は思い出した。

そして今、彼が作るサンドイッチが旨かったことをこれほど強く記憶しているということは、吾聞は相当に食い意地が張っているのかもしれない。

「吾聞さん、敬介さんの手料理が、凄く好きだったんですね」

素直な感想を口にした澄哉に、吾聞もまた、正直に同意した。

「そうだな。奴は食べることが好きだったし、食べさせることにも熱心だった。客にも、俺にも。結局人間の根本を作るのは、その人が食べたものなのだと、いつも言っていた」

　澄哉は感心して何度も頷く。

「それはそうですよね。あの、その山登りのときのサンドイッチは、どんなものだったんです?」

「店にあるものを適当に組み合わせたと言っていたが、ベーコンとタマネギ、マッシュルーム、パルメザンチーズ、トマトを入れたオムレツを挟んだものだった」

「美味しそう!」

「旨かったから、帰ってからまた作れと言ったんだが、山の綺麗な空気と景色のおかげで美味しく食べられただけだと言い張って、とうとうそれきり二度と作らなかった」

「それは残念でしたね」

「敬介の死後、思い出して作ってみたが、なるほど、大して旨くはなかった。やはり山頂で食うことに、俺には理解できん効果が何かしらあったのかもしれんな」

　真剣な面持ちで考察する吾聞に、澄哉は静かに言った。

「それ、違いますよ」

「何?　何が違う?」

問われて、澄哉はさっき家族の定義を訊かれたときとはまったく違う、確信に満ちた口調で言った。

「ただ山頂で食べるから美味しかったんじゃなくて、そこで敬介さんと一緒に食べたから美味しかったんです。きっと素敵な思い出の分、美味しさがプラスされてるから……だから、後でひとりで作って食べても、同じ味にはならなかったんですよ」

吾聞はゆっくりと腕組みを解いた。長い脚を組み、膝の上を、ピアノでも弾くように指先で叩く。

「俺は別に、登山を楽しみもしなかったし、嬉しくもなかったぞ？　敬介は達成感でいっぱいだと晴れ晴れした顔をしていたが」

「じゃあ、その敬介さんの笑顔の分、美味しかったんですよ。家族ごっこの成果ですね」

「そうなのか？」

珍しいほど驚いた表情を見せる吾聞に、澄哉は笑って頷いてみせた。

「はい。家族が喜んでいたら自分も嬉しいし、悲しんでいたら自分も悲しくなる。憤ってるときは……まあ、事情次第ですけど。家族ってそんなもんです」

「そうなるのは家族だけか？」

どうやら、吾聞は家族に関しては、非常にプリミティブ、しかし鋭い質問を投げかける傾向にあるようだ。しまった、と墓穴を掘ったことを悔やみつつ、澄哉は正直に答えた。

「うーん、家族だけ……でもないですね。友達でも、恋人でも、先生でも、先輩でも後輩でも……とにかく、自分が心を寄せる人の感情って、自分にも強い影響を与えるんだと思います。家族の間では、そういう気持ちが特に強い気がします」

「お前もそうか？」

「家族がいるときは、そうでしたね。今は……家族はもういないですけど、僕が大事に思う人たちには、やっぱりいつも笑っててほしいと思います」

「そうか」

まだ厳しい追及を食らうのかと澄哉はヒヤヒヤしていたが、吾聞はただ一言相づちを打ったきり、再び腕組みして目を閉じてしまった。

考え事をしているのか、それともうたた寝をしているのかはわからない。

ホッとしながらも、出来ることならもっと話を聞きたかったと、澄哉は残念そうに吾聞の横顔を見つめた。

額から眼窩《がんか》、眼窩から鼻筋、そして唇から顎。どこもかしこも本当に直線的で、無駄な肉も年齢を感じさせる皺《しわ》も、目立つホクロさえもない。

（大理石の彫像に命が宿ったら、こんな感じなんだろうな。ううん、ギリシャ神話の神様

の彫刻だって、吾聞さんよりもっと人間臭くて、不完全な感じがする）

驚きと感嘆が混じり合った息を吐き、澄哉は、彼と出会ったときの敬介の気持ちが少しわかった気がした。

無論、敬介という人物を澄哉はまったく知らないわけだが、吾聞が切れ切れに話してくれる敬介の人となりから考えるに、きっと感受性の強い、温かな心の持ち主だったのだろう。

そんな人物が追い詰められた状況で吾聞に出会えば、本物の神が……いや、やくざ者を楽々と蹴散らす様を見れば、本物の悪魔が降臨したと思っても不思議はない。

敬介は、吾聞の素性について終生、何も訊ねなかったと吾聞はいつか言っていた。

きっと彼は、吾聞のことを「心優しい悪魔」として受け入れ、何故か人間関係に疎すぎる吾聞に、家族ごっこを通じて、他者とかかわることの喜びを教えたかったのではないだろうか。

そんな気がして、澄哉は口元に小さなえくぼを刻んだ。

（僕には、敬介さんの代わりには到底なれないけど……「ごっこ家族」じゃなくて「住み込み従業員」だけど。それでも吾聞さんが、僕がいるほうが、ひとりぼっちよりは少しでもマシだと思ってくれたらいいな。僕は、今こうして吾聞さんが隣にいてくれることが、

凄く嬉しいから）
電車に乗る前より、ほんの少しではあるが吾聞の心に近づけた気がする。
澄哉は窓外の曇り空とは対照的に晴れやかな気持ちで、右から左へ流れ続ける家々の屋根を眺め続けた。

やはり眠り込んでいたわけではなかったらしい。車内アナウンスに即座に目を開け、吾聞が座席を立ったのは、電車に乗って小一時間経った頃だった。

降り立ったのは、郊外の小さな駅だった。ホームの幅は狭く、一部しかトタン屋根がついていない。雨ざらしの場所に立っている標識は、駅名を読み取るのさえ困難なほど、ペンキが褪色《たいしょく》してしまっていた。

瓦葺《かわらぶ》きの素朴な駅舎の前にはささやかなロータリーがあり、タクシーが一台停まっていた。運転席では、外からハッキリ見えるくらい大きな口を開け、運転手が眠り込んでいる。きっと長い時間、これといった期待もせず客待ちを続けているのだろう。

思わぬ遠出に、澄哉は首を傾げて吾聞に訊ねた。

「吾聞さん、ここで散歩をするんですか？」

「ああ。車内でたっぷり座った後だ、歩けるだろう？」

「それは勿論。でも、どこへ……」

「では行くぞ」

それだけ言って、吾聞は再び歩き出した。到着するまで、目的地を明かすつもりはないらしい。

不思議に思いつつも、見知らぬ街を闇雲に歩くのはちょっとした探険のようでワクワクする。

（散歩っていっても、こんな遠くまで来たんだから、きっと目的地があるんだよね。どこに連れていってくれるんだろう）

胸を弾ませ、澄哉はここでもどんよりした雲の下、ようやく自然に吾聞と並んで歩いていった。

駅前のショッピングエリアも、その周囲に広がる住宅街も実に小規模で、ほどなく二人の前に広がる景色は、珍しいほど広大な水田や畑ばかりになった。

もう水田には水が引かれ、植えてほどない稲の苗が頼りなく風に揺れている。

澄哉はあまり植物に詳しくないのだが、畑に植えられている様々な作物のうち、子供の頃、自宅の庭で育てたことのあるジャガイモとトマトはすぐにわかった。丸みのある葉を茂らせ、ツルを伸ばしているのは、胡瓜《きゅうり》だろうか。

「何だかいいですね、のんびりしたところで」

吾聞の家で週末ごとに庭いじりをしているといっても、こういう開放的な眺めで緑を堪《たん》能《のう》するのは久しぶりだ。晴れていたらどんなによかっただろうと思いながら、澄哉はそう言った。

「そうか」

「はい」

笑顔で頷く澄哉を見て、吾聞はなお何か言おうとしたが、口を噤んでしまった。澄哉は、ちょっと恥じらって不満げに吾聞を見る。

「畑を見て喜ぶなんて、馬鹿みたい……とか思いました、今?」

「別に。お前はこういう場所が好きなのかと思っただけだ」

「好きっていうか、店のある場所はオフィス街で、土を見られる場所が庭と公園くらいしかないでしょう?」

「言われてみればそうだな」

「だから、何だかホッとするんです。やっぱりアスファルトばっかりじゃ、心が痩せる気がします」

「そういうものか」

「です」

登山といい、郊外の風景といい、吾聞は牧歌的な景色にはあまり興味がないらしい。澄哉は、思いきって訊ねてみた。

「吾聞さんは、どんなことをするのが好きですか？　何をしてるときが、楽しかったり嬉しかったりするんですか？」

そんなことを訊かれたのは初めてだったのかもしれない。いつも即答する吾聞が、珍しく言い淀《よど》み、それからなお考えつつこう言った。

「嬉しい……という感覚はよくわからんが、まあ、今は店をやるのが好きなんだろうな」

「接客とか、料理とか？　そういえば、料理は面白いって言ってましたよね、僕が吾聞さんと初めて話したときに」

吾聞は肯定とも否定ともつかない中途半端な首の振り方をする。

「料理は面白いし、それが商売になるのは都合がいい。人間の世界は、金がないとどうにもならんようだからな」

「それは凄く正しい認識だと思います」

「接客は面倒だが、客を見るのは面白い。店に来る目的は、飲み食い、ただそれだけなのに、それぞれに異なる表情があり、異なる仕草があり、異なる話し方、異なる飯の食い方がある」

「人間観察、ですか」

「ああ。待っていれば勝手に人間がやってくる喫茶店は、俺には都合のいい場所だ」

「なるほど……」

そう言いながらも、澄哉の首は横に傾く。

(不思議な人だなあ、吾聞さんって)

人間関係や人の心には無知と言いたくなるほど疎い彼なのに、人間観察が楽しいというのは、いかにも矛盾している気がする。

しかし考えてみれば、わからないことほど、知りたいと思うものだ。

(そっか……。他人のことがよくわからないから、人間観察が面白いのかな。それにしても、吾聞さんって、これまでどういう生き方をしてきたんだろう)

「あの、吾聞さん」

「何だ?」

「親がしてくれたように吾聞さんを連れ回したってことは、敬介さんは、吾聞さんのことを子供みたいに思ってた……んでしょうか?」

個人的なことに踏み込みすぎかと澄哉はヒヤヒヤして訊ねたが、吾聞はあっさり答えた。

「敬介は、フランスに留学中、交際した女がいたらしい。帰国するとき別れたらしいが、その女と結婚できていたら、今頃、俺のような子供がいたかもしれないと言っていた」

「じゃあ、やっぱり息子みたいに思ってたんですよね、きっと。吾聞さんは、敬介さんのことをどう思ってたんですか？」

「どう、とは？」

「お父さんみたい、とか？」

恐る恐る「お父さん」という言葉を口にした澄哉を、吾聞は軽く鼻で笑った。

「持ったことのないものを想像しても意味はあるまい。まして、理解できない存在をたとえに使うことに、意味はない」

「……う……」

「だが……そうだな。悪くはなかった」

その言葉の意味を量りかねて、澄哉は当惑する。

「悪くは、なかった？　何がです？」

吾聞はジャガイモ畑に広がる濃い緑色の葉を眺めながら、静かにこう言った。

「俺は、人間と違って、気の進まないことを我慢してやるということはしない。敬介のお節介としか言い様のない『家族ごっこ』を許容したということは、敬介だけでなく、俺自身もそれなりに楽しんだということだ。……あちこち連れ回されるのも、何くれと世話を焼かれるのも、もっと煩わしいかと思ったが、悪くはなかった」

もう一度、「悪くはない」と言った吾聞に、澄哉は小さく笑った。吾聞に「何がおかしい？」と咎《とが》められた澄哉は、悪戯っぽく首を竦めてこう言った。

「吾聞さん、イギリス人みたいですね」

「うん……？」

「高校の英語の授業で習ったんですけど、日本語で『悪くない』って、英語に直すと『not bad』になるでしょう？」

「ああ、それが？」

「でも、イギリスの人がそう言ったら、それは『悪くない』じゃなくて、『凄くいい』っていう褒め言葉なんですって」

吾聞はやや不満げに口角を下げ、唇をへの字にした。

「俺はイギリス人じゃない」

「でも、同じ意味じゃないんですか？　敬介さんと暮らすのは悪くなかったって、本当は凄く楽しかったって意味みたいに聞こえましたよ」

「……まさか」

酷い顰《しか》めっ面でそう吐き捨て、吾聞は急に足早に歩き出す。はっきり否定しなかったことで、肯定してしまったようなものだ。

「照れ屋さんだなあ。素直に、楽しかったって言ってもいいのに」

そんな吾聞の意外な一面を見て、澄哉は微笑んだ。彼に救われて以来ずっと、頼りになる、ぶっきらぼうだが優しい、偏屈……そんなイメージを抱いてきたが、今、初めて「可愛い」と感じると同時に、無愛想で他人に執着がないように見えていた吾聞の情の部分を垣間見《かいまみ》ることで、愛《いと》おしいという気持ちも自然とわき上がってくる。

「待ってくださいよ、吾聞さん。僕、こんなところで置いていかれたら、間違いなく迷子になっちゃいます」

そう呼びかけても、吾聞は少しも歩くスピードを緩めない。ほんの少し前のめりの背中に彼の照れを見る気がして、澄哉は何だか嬉しい気持ちで、しかしやや焦りながら、吾聞を追いかけた。

やがて二人は、目の前に現れた石造りの門を抜けた。背の低い門は鉄扉が大きく開かれ、圧迫感はまるでない。門柱には、「安らぎの里」と書かれたメタルプレートが嵌め込んであった。

「ここは……公園？」

澄哉は、突然山肌に開けた広大なスペースに、目を見張った。

石畳の幅の広い通路は、緩やかな地面の凹凸《おうとつ》を無理なく歩いていけるよう、ほどよく彎《わん》曲《きょく》しながら遠くまで伸びている。

道の両側に広がるのは、綺麗に刈り込まれた、まさに新緑という感じの芝生で、そこここに色々な樹木が植わっている。

とても開放的で、穏やかな雰囲気だ。曇りの日にこれだけいい場所だと感じられるなら、晴れた日にピクニックでもすれば、さぞ気持ちがいいだろう。

そんなふうに感じていた澄哉は、吾聞の言葉にビックリした。

彼はボソリと「いや、墓地だ」と言ったのだ。

澄哉はキョロキョロと辺りを見回し、盛んに首を捻った。

「墓地？　だけどお墓なんて、どこにも見当たりませんけど？」

澄哉の知る墓地は、彼の両親が眠っている寺に併設されていたもののような、見渡す限り墓石が並ぶ、どこか無常感漂う空間である。

だが、今いる場所には、墓石というものがまるで存在しない。

しかし吾聞は、真ん前にある桜とおぼしき大きな木を指さした。

「あの木の根元へ行けばわかる」

「えっ？　は、はい」

吾聞が先に立って歩き出したので、澄哉も訝しみながらついていく。やがて石畳の道を外れ、桜の木に近づいたとき、澄哉はあっと声を上げた。

太い幹をぐるりと取り囲むように、地面には御影石《みかげいし》のプレートが間隔を空けて十枚ほど埋め込まれていた。

細長いプレートには、それぞれ人名が刻まれている。無論、どれも見知らぬ人の名ばかりだが、名前は一人だけのものもあれば、夫婦と思われる二人、あるいは、どうやらペットの名前らしきものが一緒に刻まれたプレートすら見受けられる。

澄哉は、傍らに立つ吾聞の顔を驚いたままの表情で見上げた。吾聞はボソリとさっきの言葉を繰り返した。

「ここは墓地だ」

「もしかして、樹木葬ですか？　お墓を建てる代わりに、樹木の根元に遺灰を埋めてもらうっていう……？」

吾聞は頷き、淡々とした口調で澄哉に説明した。

「死期を悟っていたのか、敬介が一時退院したとき、自分で探して、契約してきた。昔から、典型的な墓地が嫌だったらしい。ここは、生前にそれぞれが好みの木を選び、その下に埋葬されることになっている。敬介はいたく気に入っていた」

「へえ……。素敵な場所ですね」

澄哉は感心したように周囲を見回した。なるほど、種類はわからないが、さまざまな木が広大な敷地に点在している。そうした樹木の根元にはすべて、こんなふうにそこに眠る人々の名と、おそらくは命日を刻んだプレートが埋められているのだろう。

もう夕方だからか、墓参に来ている人は、二人の他、誰も見当たらない。墓地という言葉からは想像もつかない、実に開放的な、清々しい場所だ。

「僕、話は聞いたことがありますけど、樹木葬の墓地を本当に見るのは初めてです」

「お前の両親はどこに葬られているんだ？」

「父の菩提寺《ぼだいじ》の納骨堂に。お墓を建てる余裕なんてなかったので、無理矢理お願いして納骨堂の隅に遺骨を置かせて頂いてるんです。……いつか、こんなのびのびした気持ちのいい場所に、埋葬し直してあげたいな」

最後の言葉は独り言のように呟き、澄哉は小首を傾げた。

「敬介さんは、どこに眠っておられるんですか？」

「あっちだ」

迷いなく、吾聞は歩き出す。どうやら、足繁《あししげ》くこの場所には来ているらしい。見渡す限り広がる墓地の中を延々歩き、ようやく吾聞が足を止めたのは、こんもりと若葉を茂らせる樹木の下だった。

「ここだ」

指さした目の前のプレートには、確かに相馬敬介と刻まれていた。澄哉は、頭上の青々とした葉を見上げる。

「この木は？」

「キンモクセイだ」

短い答えに、澄哉は「ああ！」と手を打った。

「知ってます。秋になったら、オレンジ色のいい匂いの花が咲くんですよね？」

吾聞はようやくわかる程度の微かな笑みを浮かべ、頷いた。

「ああ。小さな花だが、驚くほど強く香る。敬介がいちばん好きな木なんだと言っていた」

「大好きな木の根元に眠るって……凄くロマンチックでいいですね。憧れます」

「そういうものか？」

「冷たくて殺風景な墓石の下より、僕はずっといいと思います。それにしても、散歩だなんて。お墓参りって教えてくれてもよかったじゃないですか」

少し非難めかして澄哉はそう言ってみたが、吾聞は実に無造作に反論してきた。

「墓参り？　そんな意味もないことを俺がするものか。ここに来るのは、単に敬介が話しに来いと要求したからだ」

意外な言葉に、澄哉は、つぶらな目を見張る。

「話しに？」

吾聞は地面にしゃがみ込むと、ジャケットのポケットからハンカチを出した。それで、プレートを丁寧に拭き始める。ゆっくりと手を動かしながら、彼は話を続けた。

「敬介は店を継げとは言わなかったが、できたら毎月、ここに会いに来て、話していってくれと死ぬ前に俺に頼んだ。ナポリタンの借りがあるから、あいつがここにいる間は、そのくらいのことはしてもいいだろうと思った」

「ここに……いる間？」

不思議そうに突っ立っている澄哉のほうを見ないまま、吾聞は平然と答える。

「あいつの気が済んだら、契約どおり、魂は俺が貰い受ける。だが、今はまだここにいたがっているから、約束を守っている。人間というのは、意外としぶとい生き物だ」

「……………まだ、ここに、いる？」

「さすがに姿は見せられないようだが、気配がある」

ごく当たり前のように語る吾聞に、澄哉は返答に窮《きゅう》してしまった。

澄哉が親しんでいたカトリックでは、死者の魂は来たるべき復活の日に備え、神だけが知る場所で静かに眠り続けるのだと教えられた。「まとも」な人間の魂が、埋葬された場所にいつまでも留まっているはずがない、この世界を彷徨《さまよ》っているのは、人心を惑わす悪霊だけだと。

だが、今の澄哉には、吾聞の言うことが不思議と信じられる気がした。

敬介の魂が、みずからの遺灰が大好きな木の糧となるのを優しく見守っているような、自分のネームプレートを清めてくれる吾聞の姿を温かく見守っているような、そんなイメージが脳裏を過ぎったのだ。

勿論、澄哉には敬介の「幽霊」などは見えない。それでも、吾聞がおかしなことを口走っているとはまったく思わなかった。

立ち上がってハンカチをポケットにしまった吾聞は、ジャケットの裾を伸ばしながら言った。

「敬介はいまわの際まで、俺がひとりになることを心配していた。別に案じられるいわれはないが、お前を連れてくれれば安心するかと思ってな」

「あ……」

やはり言葉の出ない澄哉に構わず、吾聞はキンモクセイの梢《こずえ》を見上げてごく自然に「敬介」に語りかけた。

「このとおりだ。俺は、気に入った人間を見つけた。こいつが今、お前の部屋で寝起きしている。店で働いてもいる」

そこで吾聞は言葉を切り、チラリと澄哉を見る。

澄哉は緊張して背筋を伸ばし、キンモクセイに向かって深々と一礼した。姿が見えない以上、樹木を敬介だと思って語りかけるしかない。

「あの、は、はじめまして。竹内澄哉です。ええと……吾聞さんにはお世話になってます！　毎日ナポリタンを作ってもらって、凄く美味しいです。あとあの、部屋も使わせていただいてます。居心地がよくて、毎日よく眠れます」

傍から見れば、酷く滑稽なことをしている二人だろう。だが、吾聞はごく当たり前のことをしているという態度だったし、澄哉も真剣だった。

敬介が澄哉に挨拶を返しているように、頭上の梢が、初夏の夕風にさざめく。

(何だか本当に、敬介さん……が、喜んでくれてる気がする)

不思議な感動を覚えつつ、澄哉は吾聞の顔を見た。わかっていると言いたげに、吾聞は瞬きで澄哉の気持ちを肯定した。

「それで？」

だが、さらに先を促され、澄哉はキョトンとしてしまう。

「はい？」

すると吾聞は、今日初めて苦虫を噛み潰したような渋面になった。突然の不機嫌の理由がわからず、澄哉はアワアワしてしまう。

「えっ？　ぼ、僕、何か忘れてますか？」

すると吾聞は、何故かそっぽを向いて低い声でボソリと吐き捨てた。

「俺を」

「ええっ？　吾聞さんを？　忘れた？　僕が？」

澄哉の混乱に比例して、吾聞の不機嫌度も増しているのが気配でわかる。

(ど、どうしよう。せっかくいい雰囲気だったのに、僕、何しちゃったんだろう。っていうか、吾聞さんを忘れたって、意味がわかんないよ)

ひたすら狼狽える澄哉に、吾聞はようやく聞こえる程度のボリュームの、地を這うような声で言い募った。

「俺は今日に限らず、これまで何度も、お前を『気に入った』と言ってきた」

「は……はい？」

ほんの少し情報が追加されたが、それでもまだ、何が吾聞の機嫌をそんなに損ねてしまったのかはわからず、澄哉は見えない敬介の魂に救いを求めるように、視線を彷徨わせる。

するとは吾聞は、やはり明後日の方向を向いたままで更にこう言った。

「だがお前は、一度たりとて、俺をどう思うかその口で語ったことがない！」

「……あ」

予想の遥か彼方からやってきた言葉に後頭部を殴られたような気分で、澄哉は「あ」の形に口を開いたまま、吾聞の実にわかりやすくふて腐れた横顔を凝視した。

(吾聞さん、それって)

強い言葉を吐き出して、勢い付いたのだろう。吾聞は体ごと澄哉に向き直り、人差し指を澄哉の鼻先に突きつける。

「無理強いはしないと言った以上、俺からは何もすまいと放っておいたら、お前は涼しい顔でだんまりだ。この期に及んでも、俺については『お世話になってます』だけか！」

呆然としつつも、澄哉は信じられない思いで唇をもたもたと動かす。

「だ、だ、だって。僕は、吾聞さんがあれっきり何も言わないし、しないし、あの『気に入ってる』って言葉とか、キ……キ、キス、とか、僕のことからかったのかもって思ってて」

「お前をからかっても面白くなかろう」

「じゃあ……あれ、ホントに本気だったんですか？」

「当たり前だ。いい加減に言ってみろ。お前は何を考えて、俺の店にいるんだ？　仕事とねぐらと飯だけが目当てか？　それとも……」

矢継ぎ早に詰問する吾聞の眉間《みけん》の縦皺を見ながら、澄哉は、うわあ……と溜め息交じりの声を漏らした。

吾聞は険しい顔をしているし、詰《なじ》るような厳しい言葉を投げつけてきているのに、澄哉の胸の奥には、小さな炎が灯《とも》っていた。

今、吾聞が澄哉に向けている怒りは、あの夜、澄哉にナイフを押しつけた強盗に対する凍り付くような憤怒とはまったく違っている。

熱い、生身の吾聞の情動……まるで抜き身の刀のような鋭さを持っているくせに、どこか素朴で真っ直ぐな想いが、澄哉の心を大きく揺さぶっていた。

(吾聞さん……本気だったんだ。僕を気に入ってるって、ホントにそういう意味だったんだ。僕に考える時間を与えるために、あれからずっと黙って待っててくれた……)

吾聞の怒りを噛みしめるうち、全身が熾火《おきび》に炙《あぶ》られたように熱くなってくる。それが、吾聞に求められていることに対する喜びだと気付いたとき、澄哉の心には、躊躇いと恐怖も同時に生まれてしまった。

長い年月、同性を愛することは罪だと教え込まれた澄哉の心の奥底には、今なおそのことに対する恐怖が根強く残っているのだ。

だが、そんな澄哉の葛藤すら、吾聞は感じとっているらしい。実に居丈高に、彼は言い放った。

「何だ。俺が男の姿なのが不満か」

「えっ？　い、いえ、そんな」

「それなら、俺が女になってやるのにやぶさかでないぞ」

「……は!?」

「とはいえ、お前に抱かれるのは業腹だ。その場合は、俺がお前にまたがることにする。逆は許さん」

あけすけすぎる、そして素《す》っ頓狂《とんきょう》すぎる吾聞の発言に、澄哉の顔が瞬時に火を噴く。

「ちょ、ちょっと吾聞さん！　ここ、お墓……！」

「構うものか。死人に耳なしと言うだろう」

「それ、違いますよ。耳じゃなくて、口なし……」

「そんなことはどっちでもいい。聞きたい死人には聞かせておけ。さあ、いい加減に観念して言え。俺はお前の好みなのか、そうでないのか。単純な話だろうが」

吾聞は上体を屈めるようにして、夜叉《やしゃ》のような顔を澄哉の顔にぐっと近づける。至近距離で瞬きもしない黒い瞳に射竦められ、澄哉は赤い顔のまま棒立ちになり、ゴクリと生唾を飲み込んだ。

「う……」

まさか吾聞が本当に性転換するつもりだとは思えないが、そこまで言及して澄哉の迷いを吹き飛ばそうとしてくれる彼の想いが、何より嬉しい。吾聞の熱が澄哉に伝わって、それが、彼の心と体を縛り付けていた、信仰という鎖をバラバラに解いていくようだった。

(ああ……僕は、この人が好きだ。そして、それは神に背《そむ》くことじゃない。僕が、神様とは違う道を歩くことを選んだ……きっとそういうことなんだ)

腑《ふ》に落ちる、というのはこういうときに使う言葉なのだろうか。ずっと胸につかえていたものがストンと地面に落ちたような心持ちで、澄哉はごく自然に、自分から吾聞に近づき、広い胸にことんと額を当てた。

「………です」

緊張のせいで、澄哉の口から出た声は、蚊《か》が鳴くようにか細かった。吾聞の眉間の皺が、ますます深くなる。

「何だと?」

尖った声で咎められる、それすらも今の澄哉には嬉しい。彼は、必死で声を振り絞った。

「好きです。……すみません。僕、今まで、吾聞さんが僕をからかったことにして、真剣に考えることから逃げてました。吾聞さんを好きになったら、また過ちを繰り返すことになるんだって、心のどこかで怯えてたんだと思います」

「何を怯える必要がある。お前はもう……」

「わかってます。それに、僕は吾聞さんが男の人だから好きなんじゃないです。吾聞さんだから……好きになったんです」

「……よし」

短いのに恐ろしく満足げな声が降ってきて、澄哉はゆっくりと顔を上げた。さっきまでの怒りの形相はどこへやら、吾聞は大きな猫のような怪しい笑みを浮かべていた。

「う」

何となく、しまった……という思いが澄哉の脳裏を過ぎるより早く、吾聞の両腕が澄哉の腰をがっちりと捕らえていた。

「おい、敬介。聞いたな? もう、俺を案じる必要はない。俺も、わざわざお前の魂を奪う必要がなくなった。澄哉がいるからな。だから、そろそろ消えろ。あまり長くこの世に留まると、魂が歪むぞ」

梢に向かってそう言うなり、吾聞はぐいと澄哉を抱きすくめた。そうなってしまうと、澄哉としては観念するより他はない。

「吾聞さん、しつこいようですけど、ここは墓地……」

「くどい」

切り口上でそう言うなり、吾聞は右手で澄哉の頰を包み込む。澄哉は気恥ずかしさで死にそうになりながらも、僅かに踵を浮かせ、柔らかな唇を、自分から吾聞の薄い唇に押し当てたのだった……。


敬介の墓参……もとい、吾聞曰《いわ》くの「面会」を終え、店の最寄り駅に戻ってきたのは、とっぷり日が暮れてからだった。

外食にぴったりの時間帯なのだが、移動範囲に適当な飲食店がなく、二人は結局、自宅で簡単な夕食を作ることにした。

駅を出てすぐ、とうとう雨がぱらつき始めた。雨足はあっと言う間に強くなり、澄哉は途方に暮れて周囲を見回した。だが、生憎近くにコンビニエンスストアはない。

「吾聞さん、走りましょう！　濡れちゃいますよ」

仕方なく澄哉はそう言ったが、吾聞は何故だと言わんばかりにぶっきらぼうな返事をした。

「別に濡れても構わん」

「駄目ですよ、そんなこと言っちゃ。風邪引いたらどうするんですか」

澄哉は吾聞を急かそうとしたが、吾聞は決して歩くスピードを上げようとせず、こんなことを言い出した。

「俺は、これしきのことで風邪など引かん。お前がそこまで濡れたくないなら、傘代わりに、お前の頭の上に翼を広げてやろうか？」

澄哉は呆れ顔で、吾聞の真顔を見る。

「もう、こんなときにそんな冗談を言って！　悪魔ネタをいつまで引っ張るんですか！　いいから、ほら、家までもうすぐじゃないですか。走りますよ！」

そう言うなり、思いきって吾聞の手首を摑むと、澄哉は小走りに駆け出した。

頑として抵抗されるかと思ったが、吾聞は澄哉に引っ張られるままに、どこか楽しげについて来る。

何だか自分までくすぐったく嬉しい気持ちになってしまい、澄哉は照れ笑いを噛み殺した。

(二人ともいい歳をして、何だか子供みたいだ)

そうは思いつつも、互いに想い合い、心が通うというのは、こんなに嬉しいことなのだと、澄哉は改めて幸せを噛みしめていた。

だが、そんな気分は、間もなく雲散霧消することになった。

どうにかさほど濡れずにたどり着いた自宅……つまり「純喫茶あくま」の前に、傘を差した男性の姿が見えた瞬間、澄哉はつんのめるように足を止め、さっきまでずっと笑みを浮かべていた顔を強張らせた。

「……澄哉?」

そんな澄哉の異変に気づき、まだ手首を摑まれたまま、吾聞も怪訝そうな声を出す。

店の前にいた、くたびれたスーツ姿の中年男は、澄哉という名前を聞いた瞬間、傘を放り出した。そして、猛烈な勢いで澄哉に駆け寄り、澄哉の顔を覗き込む。

「澄哉!? ああ、本当に澄哉だ! あの探偵、いい仕事をしてくれた! やっと会えた!」

歓喜の声を上げる男の目が、外灯にやけにぎらついて見える。激しく叩きつける雨が、男の乱れた髪を伝い、みるみるうちに顔を濡らしていく。だが男はそんなことを気にする気配もなく、ああ、と震える声を漏らしながら、泣き笑いの表情を見せる。

状況が把握できないまでも、どこか異様な雰囲気を察知したのだろう。吾聞は、澄哉を庇うように、自分の身体を二人の間に斜めに差し入れる。

吾聞の背中にしがみつき、澄哉は幽霊でも見たように真っ青な顔で小刻みに震え始めた。

「せ、ん、せい……」

わななく唇から零れた声は、驚きと恐怖、それに深い苦悶で酷く掠れていた……。

五章　似合いの二人

「……ほら」

吾聞に差し出されたいつものマグカップを、店の二階、リビングのソファーに腰掛けた澄哉は、両手で受け取った。

「ありがとう……ございます」

くるむように持つと、じんわりした熱が冷えた両手に伝わってきた。それでも澄哉の指先はまだ、小刻みに震えている。

カップを満たしているのは、階下で吾聞が丁寧に作ったココアだ。甘い香りが、優しく鼻をくすぐった。湯気の立つ、褐色に紫を混ぜたような液面を見下ろすばかりの澄哉の頭を、その前に立った吾聞はクシャリと撫でた。

「吾聞さん……」

意外なまでに優しいその指の動きに、ずっと虚《うつ》ろだった澄哉の顔に、驚きの表情が浮かぶ。自分を見上げる紙のように青ざめた澄哉の顔に、吾聞は淡々とした口調で言った。

「飲め。ココアに含まれるテオブロミンはリラックス効果がある。心理的なストレスに対する抵抗力が強まるそうだ。今のお前にはぴったりな飲み物だろう」

「……吾聞さんってば、もう」

あまりにもいつもの吾聞と変わらない発言に、澄哉は弱々しいが小さな笑みを浮かべた。だが吾聞のほうは、その反応が不服だったらしく、鋭い目を細める。

「何だ？　俺は冗談を言った覚えはないぞ」

「それはわかってますけど、普通、こういうときにかける言葉でもない気がします」

「なら、こういうときは何を言えばいいんだ？」

「……あれは誰で、どういう関係の男か、とか」

掠れた声でそう言い、澄哉は切なげに目を伏せた。「まずは飲め」と重ねて促され、両手で持ったままのマグカップにそっと口をつける。

とろりと濃厚なココアの甘みと仄《ほの》かな渋みが、動揺しきった澄哉の心をほんの少し落ちつかせてくれる気がした。ココアの熱が、胸に突き刺さった氷の刃の先端を僅かに解かしてくれたのだろうか。

そんな気配を感じとったのか、吾聞は澄哉の隣に腰を下ろした。古いソファーのスプリングが、ギシリと鈍い音を立てる。ソファーの座面が柔らかいので、澄哉は自然と、吾聞に軽く寄りかかる体勢になった。

「訊かずとも、お前たちのやりとりを見ていれば、あれがお前の別れた男だということはすぐわかった。お前はあの男を『先生』と呼んでいたな。奴の教え子なのか？」

好奇心も非難も含まない、ただ事実関係を確認するフランクな質問にむしろ救われた心持ちで、澄哉はこっくり頷いた。並んで座っているので、敢えて吾聞の顔を見ずに話せるのがありがたい。

「高校時代の、現国の先生でした。一年のときは、担任でもありました。二年で父が死んだときにはもう担任じゃなかったんですけど、それでも顔を合わせると凄く気遣ってくれて、ありがたかったです」

「それで惚《ほ》れたか」

背もたれに身体を預けてゆったりした姿勢で話を聞いていた吾聞は、ボソリと問いを挟んでくる。澄哉は素直に認めた。

「遅いって笑われるかもしれませんけど、初恋、でした。男性に恋をするなんておかしいと悩んで、こっそり日曜学校でお世話になっていた神父様に話を聞いていただいたりもしました」

「ほう。神父は何と？」

澄哉はそこでようやく視線を吾聞に向けた。それに応じるように、吾聞も必要最低限の動きで澄哉の顔を見る。

「気の迷いだと言われました」

「気の迷い？」

当時を思い出したのか、澄哉の顔には苦い自嘲の笑みがうっすら浮かぶ。

「思春期に無闇に高まった肉欲が心の眼を曇らせたせいで、思慕の情や尊敬の念を恋と取り違えているだけだ。大丈夫、心を平らかに保ち、じっと耐えていれば、そのうちに肉欲は静まり、偽りの高揚感は去る……神父様は、そう諭してくださいました」

「だがお前はそのありがたい説教を聞き入れず、あの男と関係を持ったわけか」

吾聞は鼻で笑ったが、澄哉は沈痛な面持ちでかぶりを振った。

「いいえ。少なくともそうしようと努力はしました。というか、そもそもただの片想いだったんです。僕は内気だったので、先生に告白するような度胸はありませんでしたし」

「……片想いというのは、具体的に何をすることを指すんだ？」

またしても直球すぎる吾聞の質問に、澄哉は絶句した。からかわれているのかと思ったが、吾聞は相変わらず真面目くさった顔をしている。

戸惑いながら、澄哉は答えた。

「ですから、何も。僕は先生に憧れていましたけど、ただそれだけです。学校の中で時々姿を見かけたり、単に先生と生徒として言葉を交わしたりするだけで幸せでした」

「まるで、子供のままごとだな」

「それが片想いですよ。僕が勝手に、密やかに想いを寄せていただけです。それで十分だったんです。たまに、現国の授業で当てられたりすると、本当に嬉しくて……。でも、卒業式でご挨拶をしたのを最後に、僕の初恋は終わったはずでした」

「……だが、終わらなかったわけだ」

「一度は終わったんです。しばらくはつらかったですけど、大学に入って忙しくなって、片想いのままで終わった恋の痛みなんて、次第に薄れていきました。ああ、神父様の言葉は本当だった、あれはやっぱり気の迷いだったんだと思っていました。だけど」

少し冷めてしまったココアをもう一口飲んでからマグカップをコーヒーテーブルに戻し、澄哉は腿の上で両手の指を組み合わせた。そうしていないと、指の震えが止められそうになかったからだ。

吾聞は、そんな澄哉の思い詰めた横顔を見つめながら、沈黙している。深く息を吐いてから、澄哉は思いきった様子で口を開いた。

「だけど、大学を出て、教会に入って……一年半ほど前のことです。仕事の一環で、僕は下町にある小さなホスピスを訪ねました。患者さんたちをお見舞いして、お話を聞くんです。ところが帰りの電車で寝過ごして、いつもと違う駅で降りることになってしまいました。そして、初めて降りたその駅のホームで、寺島《てらじま》先生に再会しました」

「あの男は、寺島という名前なのか」

「はい。寺島優《ゆう》先生です。勿論、少し年を取っておられましたけど、すぐわかりました。先生も、僕を覚えていてくださって……それがとても意外で、嬉しくて、胸がドキドキしました」

吾聞はてらじまゆう、と口の中で復唱し、先を促す。澄哉は息苦しそうに咳《せき》を一つしてから、告白を続けた。

「先生は、その駅の近くの高校に赴任しておられたんです。そのときはお急ぎだったので、連絡先を交換しただけで別れたんですが、数日後に連絡をくださって、先生がお休みの日、喫茶店で会って色々と近況を報告しました。先生は、僕が司祭を目指していることをとても喜んでくださって、僕のいた教会の日曜のミサに何度か参加してくださいました」

「……お前目当てだ」

舌打ちでもしそうな険しい顔で吐き捨てる吾聞に、澄哉は悲しそうに曖昧な首の振り方をした。

「最初からそうだとは……今でも思いたくないです」

「だが、キリスト教徒でもないのにミサに出たのは、ありがたい説教を聞くためではあるまい。どうせ、ローマンカラーの下のお前の身体でも想像しながら、退屈な時間をやり過ごしていたに決まっ」

「やめてください！　そんな言い方しなくったっていいでしょう！」

澄哉の両手が、ギュッと自分の膝小僧を摑む。だが、吾聞に荒い言葉を投げかけるのは八つ当たりと気付いたのだろう。詰めていた息をゆっくりと吐き、「すみません」と軽く頭を下げた。そのまま床を見て、話を再開する。

「そのうち、先生が僕の誕生日祝いにと、夕食に誘ってくださったんです」

「お前の誕生日？　いつだ」

「三月十二日です」

吾聞は、咎めるような声を出した。

「お前という奴は。そんな何の変哲もない誕生日を何故相手が覚えているのか、奇妙に思わなかったのか？　お前に以前から執着していた証拠じゃないか」

澄哉は、決まり悪そうに項垂れたままボソボソと答える。

「僕だって、不思議に思いました。だけど担任だったから、書類で見て何となく覚えていたと言われて、そういうものかと。その……嬉しさが先に立って、怪しむことをろくにしなかったのは事実です。すみません」

「で、のこのこ出掛けていったわけか」

「すみません……」

別に吾聞に謝る必要はないのだが、いかにも呆れ果てたというような声音に、澄哉はますますしょぼくれる。

「大きなホテルのロビーで待ち合わせて、メインダイニングでフランス料理をご馳走していただきました。親が死んでからそんな贅沢は一度もしたことがなかったので、雰囲気にも料理にも緊張するし、憧れの人と二人きりだと思うとドキドキもするし、おまけに初めて飲んだワインで」

「ワイン？　お前、酒が飲めるのか？」

澄哉は項垂れたまま、消え入りそうな声で答える。

「お酒なんて飲んだことなかったんですけど、せっかくお祝いしてくださる先生の気持ちを思うと断れなくて、グラス一杯だけ飲みました。でも、そのせいで物凄く酔っ払って、わけがわからなくなって……気がついたら、客室のベッドに寝かされていました。横には先生がいて……」

「そこから先は聞くまでもないな。酔いで夢うつつのうちに、関係を持ったというわけか」

容赦ない吾聞の言い様に、澄哉の短い爪が、ジーンズ越しに膝小僧に強く食い込む。

「朝、目が覚めたら物凄い二日酔いで……先生はもう学校に出勤していて、『また連絡する』という手紙が残ってました。宿泊代は、先生が払ってくださってました。僕はひとり、自己嫌悪と気分の悪さと罪悪感で死にそうになって……でも」

泣き出しそうな声で話しながら、澄哉は顔を上げ、吾聞を見た。その色素の薄い透き通るような瞳には、いっぱいに涙が盛り上がっている。

「でも、僕は幸せでした。もしかしたら、神様も間違うことがあるのかもしれない、だってこれはきっと本物の愛だから……そんな思い上がったことを考えるほど、舞い上がってました。それまでの人生で、あんな風に誰かに強く求められたことはなかったし、ましてそれが自分の片想いの相手だなんて、夢みたいでした」

「…………」

吾聞は小さく舌打ちすると、両の手のひらで澄哉の頬を包み込んだ。そして、親指の腹で、澄哉の目から零れた涙をぐいと拭う。

「吾聞さん……。呆れてるんでしょう?」

「呆れているんじゃない。俺のものに、俺より先に触れた奴の話を聞かされて、愉快なはずがなかろう。それだけだ」

「だけど、僕があんまり馬鹿だから、僕のこと……嫌になったんじゃないですか？」

「その言いぐさには呆れるぞ、馬鹿者が」

そう言うなり、吾聞は苦り切った顔で、突然澄哉の額に自分の額を当てた。当てたというよりぶつけたというほうが正しい勢いで、澄哉は思わず小さな悲鳴を上げる。

「痛ッ」

「お前の過去などどうでもいい。ただ、あの男には対処が必要だろうから、敢えて話を聞いているだけだ。それに、このまま俺に何も言わないのでは、お前がかえって気に病みそうだからな。それだけのことだ」

「吾聞さん……」

荒々しいやり方で、それでも自分を気遣ってくれる吾聞の優しさに、澄哉の目から再び涙が零れる。顔を離した吾聞は、その新しい涙に濡れた指先をチロリと舐め、やけに感慨深そうに言った。

「お前の涙は、苦かったり甘かったり、表情と同じくらい味を変えるんだな」

「涙は……しょっぱいものでしょう？　苦いとか甘いとか、そんなことは」

「お前のはそうでもない。……それより、先を話せ。それだけのめり込んでおいて、別れようと思ったのは何故だ？　前に言っていた、奴の家庭云々のせいか？」

澄哉はシャツの袖で新しい涙をグイと拭い、湿った声で話を続けた。

「街で偶然、先生と奥さん、それに小さなお嬢さんが一緒に歩いているのを見かけたんです。とても楽しそうで、幸せそうな家族の姿でした。それを見た瞬間、雷に打たれたような気分でした。それまでずっと、先生は独身だと思ってたんです。僕とあんなことになる以上、当然そうだって……信じ切ってました」

「騙《だま》されたわけか」

「いえ、僕が先生に確かめなかっただけです。その夜、先生に電話して、本人の口から、先生が既婚者であると確認しました。そのときになってようやく、僕は自分がどれだけ愚かだったか思い知ったんです。真実の愛だなんて……物知らずな僕の、馬鹿な夢でした」

「お前に真実の愛を与えているはずの男は、家に帰れば素知らぬ顔で妻を抱き、幼い娘の手を引いていたわけだ」

澄哉の首が、力なく上下する。

「僕は身も心も先生に捧げたつもりでした。真実の愛なら、きっといつか神様もわかってくださる……罪悪感とは裏腹に、そんな思いがありました。でも、違った。先生は、ご家族を裏切って平気な人だったんです」

「ふむ」

「僕がそんなに嫌なら、別に離婚してもいい……そう言われて、目が覚めました」

「ふん？　お前の慕っていた『先生』が、期待していたような高潔な人間ではなかったことに失望したか？」

皮肉っぽい口調で吾聞は言ったが、澄哉はゆっくりと首を横に振った。

「先生は……たぶん、自分の情欲に正直な方だったんでしょう。僕はそれを知らず、勝手に憧れ、勝手に傷ついて、勝手に失望しただけです。でも、そう感じた以上、もうおつきあいを続けることは出来ませんでした。その夜のうちに先生とはお別れして、もう二度と連絡を取り合わない、僕のことは忘れてくださいとお願いしました。そうすれば、今なら何ごとも起こらない。先生のご家族が傷つくこともないし、先生のお仕事に傷がつくこともないからと」

吾聞は低く唸《うな》った。その猫が不満を訴えるような調子に、澄哉は心配して吾聞の顔を覗き込む。

「吾聞さん？　すみません、つまらない話を延々と聞かせちゃって」

「……だ」

「はい？」

「お前は本当に、他人のことばかりだ！　お前の『先生』は、無傷かつ涼しい顔で家族の元に戻ればいいだけだったろう。何一つ失ってはいない。だが、お前はどうだ！」

酷く憤慨した様子で、吾聞は澄哉の鼻先に人差し指を突きつけた。

「吾聞さん……」

「確かに、お前が世間知らずで迂闊《うかつ》なところはあったかもしれん。だが、あの男とのつきあいの果てに、お前に残されたのは罪の意識だけだ。後のものはすべて失った。信仰も、思い描いていた未来も……あの男に対して長年抱いていた憧れも」

「あの、そ、それはそうなんですけど、でも……あっ」

急に声を荒らげた吾聞に狼狽えて、澄哉は吾聞の二の腕に触れ、彼を宥めようとする。

だがそんな澄哉の手首を摑み、吾聞は険しい顔で吐き捨てた。

「俺は、この店に初めて入ってきたときのお前を覚えているぞ。まるで、捨てられた犬だった。ナポリタン一皿で号泣したときの情けない顔も、覚えている」

「ちょ……あ、吾聞さん、その話はもう……」

澄哉は頬を赤らめたが、吾聞はそれに構わず、痛いほど強く澄哉の手首を摑んだままでこう言った。

「俺はその手のことを罪だとは欠片も思わんが、お前はあの男とのことを重い罪と感じ、しかもすべての責任をひとりで負おうとしていた」

「は……はい」

「それなのに、あの男は何なんだ。探偵を使っただと？　あの男を慮《おもんぱか》って身を引いたお前の行方を捜して、こんなところまで追ってくるとは。ふざけた奴だ」

今度は盛大に舌打ちしたところで、澄哉は痛そうな顔をしているのに気付いた吾聞は、ようやく摑んでいた手首を離し、「お前に腹を立てているわけじゃない」と弁解じみた口調で言った。

「わかってます。……すみません。僕、あのときはあんまり驚いて、先生に何も言えなくて。吾聞さんがいてくれて、助かりました」

澄哉はしみじみとそう言って、吾聞に頭を下げた。

さっき、店の前に現れた「先生」もとい寺島は、思い詰めた顔をしていた。

『忘れろったって、忘れられなかったよ。ヘソクリ使って、探偵に頼んで探してもらったんだ、お前の行方。見つかってよかった。元気そうじゃないか。教会を出たんだって？　じゃあ、もう何も問題はないだろ？』

そう言って、降りしきる雨の中、傘も差さずに笑いながら澄哉に腕を伸ばそうとした寺島の顔には、罪の意識など欠片もなかった。

その両目に宿る異様な光は、澄哉への昏《くら》い執着をそのまま表しているように思えた。

怯えて動けない澄哉を背中に庇い、吾聞が「今すぐここから消えろ」と凄んでくれなければ、寺島は澄哉に触れ、そのままどこかへ連れていこうとしただろう。

しかも寺島は、吾聞の澄哉を庇う仕草から、二人の関係に……たとえそれが始まったばかりでも……すぐに気付いたようだった。

『何だよ、もう新しい男を見つけたのか？　清純そうな顔をして、とんだ淫乱《いんらん》だな、お前』

憤りを露《あらわ》わにそう言った寺島の、暗がりでもギラギラ光っていた異様な目つきを思い出し、頭を上げた澄哉は小さく身を震わせる。

そんな澄哉に、吾聞はこともなげに言った。

「俺のものを、俺が守るのは当たり前のことだ。礼なぞ要らん」

「俺のものって……」

「違うのか？　墓地で、お前は俺が好きだと言った。まさか、昔の男が戻ってきたら、あの言葉を反古にするつもり……」

「じゃ、ありません！　僕はそんないい加減な気持ちで、吾聞さんが好きって言ったんじゃないです」

「本当だな？」

念を押す吾聞に、澄哉は恥じらいながらもハッキリ頷く。

「ホントです。先生のことは、二度とあんな風に好きにはなれません。こんなことがあったら、余計にそうです。だけど……」

「では、何だ？」

たちまち不機嫌になる吾聞は、まるでティーンエイジャーのように真っ直ぐ問い詰めてくる。澄哉は息苦しそうに答えた。

「だけど、先生がこんな所まで追いかけてくるなんて……。それに、『また来る』って言ってました。吾聞さんが、僕を吾聞さんのものだって言ってくれるのはとても嬉しいですけど、先生のことをきちんとしないと……」

吾聞は澄哉から視線を一瞬も逸《そ》らさず、瞬きすらしないで言葉を返す。

「確かにな。だが、心配する必要はない。また現れるようなら、以前ここに押しかけてきた連中と同じく、死なない程度に……」

「駄目です！」

澄哉は慌てて吾聞の腕に縋り付く。吾聞は極めて剣呑《けんのん》な表情になり、声を尖らせた。

「何故だ！」

「先生には、家庭があるからです。できるだけ穏便に諦めてほしいんです。ひとまずは、とにかく顔を合わせないように……」

「そんなことで諦めるとは思えんがな」

「駄目なら、もう一度きちんとお話しして、諦めていただきます」

やけにきっぱりとそう言った澄哉に、吾聞はまだ険しい顔のままで「馬鹿な」と吐き捨てた。

「あの男の目を見ただろう。まともに話が通じる相手ではないぞ」

「それでも、一生懸命話せば通じると信じたいんです。先生があんな風に惑ってしまったのは、僕のせいだから。さっきは吾聞さんに助けてもらってしまったけど、次はもう心構えができてますから、大丈夫です。僕が……」

「その身を危険に晒《さら》してもか」

押し殺した声で吾聞は詰問したが、澄哉は真っ直ぐに吾聞を見つめ、両手の指を強く組み合わせ、手の震えをどうにか止めようと努力しながら答えた。

「それでもです。ここで逃げたら、僕はきっと後悔すると思いますし、自分がしでかしたことには、自分で始末をつけたいです」

「……お前は変なところで強情だな」

吾聞は溜め息をつくと、座ったまま微妙に身体の角度を変え、澄哉の後頭部に手を掛けた。グイと引かれるままに、澄哉は吾聞の胸に上半身を預ける。

「すみません」

「謝るな。お前のそういう芯の強さは嫌いではない」

吾聞の大きな手が、澄哉の後頭部からうなじを経て、背中へと降りていく。怒っているわけではないと教えるように、手のひらが肩甲骨の上をポンと叩いた。

「吾聞さん……」

「お前が俺のものであると自覚している限り、行動を束縛する気はない。だが、過ぎた危険を冒すのはやめろ。何かあったら、必ず俺を呼べ。いつ、どこにいてもだ」

吾聞の上着の胸に頬を寄せていた澄哉は、戸惑い顔で吾聞の顔を見上げる。

「はい……って言いたいですけど、嘘になっちゃうので頷けません。僕、携帯電話持ってないですし、吾聞さんも」

「そんなものは必要ない」

「必要ないって……」

「何も要らん。ただ、呼べと言っている。お前が呼べば、俺は必ず応える」

「でも、声が聞こえる場所にいるとは限らないでしょう？」

生真面目な澄哉の指摘に、吾聞は今度は腹を立てた様子もなく、片眉を上げた。

「お前は俺を何だと思っている」

「……もしかして、こんなときまでまだ言うんですか、悪魔とか」

「そうだ」

澄哉の呆れ顔に構わず、吾聞は平然と胸を張って念を押した。

「いいな？　絶対に忘れるなよ？」

「……わかりました」

澄哉は、小さく笑って頷いた。吾聞が、ことさらに「悪魔」のふりをしておどけてくれているのだと感じたからだ。

澄哉の笑顔に、吾聞も納得した様子だった。いつもの無表情に戻り、すっくと立ち上がる。

「よし。では晩飯にするか」

それを聞いて、澄哉は申し訳なそうに吾聞の顔を見上げた。

「吾聞さん、僕、今は食欲が……」

だが吾聞は、きっぱりと言い返した。

「それは、単なる気分の問題だ。胃の容量は変わらんのだから、食えば食える」

「それはそうかもですけど」

「あんな男のせいで俺のナポリタンを食い損ねるのは、大いなる損失だぞ」

大真面目にそんなことを言って、吾聞は右手を差し出してくる。

このピントのずれた、冷淡な口調の、けれどどうしようもなく温かい慰めと励ましに、澄哉の胸はじんわりと温かくなった。

寺島の顔を再び見て以来、ずっとみぞおちに氷の塊を詰め込まれたような重苦しさを感じていたのだが、吾聞と話しているうちに、少しずつ落ち着きを取り戻せたような気がする。

何より、このまま吾聞と離れたくない。たとえナポリタンスパゲティを作るわずかな時間でも、傍にいたかった。

「……そう、ですね」

吾聞が作ったものなら、こんな気分のときでも食べられる気がして、澄哉は吾聞の手のひらに、自分の手をそっと載せる。

吾聞はそんな澄哉の手をしっかりと握り、強く引いて立たせると、そのままの勢いでギュッと抱き締めたのだった。

翌日から、澄哉にとっては我慢と忍耐の日々が始まった。

予想どおり、寺島が、店の周囲に姿を見せるようになったのである。

といっても、昼間は学校の仕事があるので、彼が店の前に立つのは、いつも夕方だった。

店の引き戸は磨りガラスなので、入り口に立つ人影がそれなりにハッキリ見える。

店に入ってこようとはせず、ただ引き戸を薄く開けて店内の様子を窺うスーツ姿の男のシルエットが寺島だと、澄哉には一目でわかった。

長らく片想いをして見つめ続けてきたので、寺島の姿形は嫌というほど覚えている。それに彼には、右肩が少し下がる独特の立ち方をする癖があった。

店内にはたいてい客がいるし、いないときでも吾聞が必ずカウンターの中にいるので、澄哉がひとりきりになることはない。

寺島が来たのに気付くと、澄哉が何も言わなくても、吾聞はカウンターから出てきて追い払いに行ってくれたし、寺島も一目散に逃げるだけだ。

それでも、おそらくは寺島が帰宅するまでの数時間の間、断続的にそれを繰り返されるストレスは、かなりのものだった。

それでも、思いあまって自分が出ていこうとする澄哉を、吾聞は強く引き留めた。澄哉も、顔を合わせなければ諦めてくれるかもしれないという微かな希望に縋り、開店前の日課になっていた散歩もやめることにした。

週末は、寺島は来たり来なかったりだった。学校で、クラブ活動の顧問でも担っていれば、試合や休日練習で来られない日もあるだろう。

吾聞は、気鬱な澄哉を思って「二人で出掛けるか?」と誘ってくれたが、二人ともが外出している間に、敬介の忘れ形見である大事な店に放火などされては悔やんでも悔やみきれない。

結局、休みの日も終日、澄哉は家に閉じこもって過ごした。

ところが三週間ほどそんな日々が続いた後、寺島はピタリと姿を見せなくなった。吾聞が幾度か外を探ってみても、寺島が店を窺っている様子はなかった。

「やっと諦めたのかもしれませんね」と澄哉はホッとした様子で言ったが、吾聞は怖い顔で「まだわからん」と応じた。

しかし、何ごともなく一ヶ月が過ぎた、ある暑い夏の日の午後。

吾聞が銀行に釣り銭を作りに行くついでに、足りない食材を買い足すというので、澄哉もついていくことにした。

だがその日に限って銀行が酷く混んでおり、両替機の前にも長い行列が出来ていた。

吾聞がしばらく待たなくてはならないと見て取った澄哉は、その間に自分が買い出しに行くことにした。

それまでずっと単独行動は避けるようにしてきたが、さすがにこれだけ何ごともなければ、幾分警戒心も緩んでくる。

「大丈夫。卵一パックだけですし、すぐ戻りますから」

渋る吾聞を残し、澄哉はひとりで外に出た。

冷房の効いた銀行の中から一歩外に出ると、アスファルトが溶けているのではないかと思えるほど、照りつける太陽で地面が熱い。

道行く人も、さすがに少なかった。店の客がここしばらくいつもより少ないのは、オフィスで働く人たちが外へ出ることを厭い、社食で食事を済ませているからかもしれない。

「卵だったら、コンビニで大丈夫だよね」

通りに出て辺りを見回すと、青と白のコントラストが特徴的な、コンビニエンスストアの大きな看板が見える。

「あそこで探してみよう」

片手で太陽の光を遮りながら、澄哉は看板のほうへ歩きだそうとした。

しかし、突然伸びた手が彼の二の腕を引き、そのまま路地へと引っ張り込む。

「あっ」

よろめきながらもどうにか体勢を立て直した澄哉は、自分の腕を摑んでいる人物を見て、蒼白になった。

中肉中背、こざっぱりした身なりの中年男性だが、右肩だけがほんの少し下がっている。そう、それは、ポロシャツにチノパンというカジュアルな服装の寺島優だったのだ。

「て……てらじま、せんせい」

「やっと会えた。挨拶くらい、してくれたらどうなんだ？」

そう言って、人好きのする顔で笑う寺島には、夏の日差しのせいか、あの夜の暗い狂気は感じられない。

それでも不作法に触れられている嫌悪感で身を震わせ、澄哉は寺島の手を振り払おうとした。だが、寺島はますます強く澄哉の細い腕を摑む。指先が素肌に食い込んで、澄哉は痛みに顔を歪めた。

「痛っ。離してください」

「離したら逃げるだろ？　駄目だよ。今日はちゃんと話をするまで逃がさない」

そう言いながらも、寺島はにこにこしている。もとから人懐っこい顔立ちの男だが、その笑みと陽気な声に対して、ギリギリ万力のように締め上げる手があまりにも正反対で、澄哉は言い様のない恐怖に襲われる。

「どうして、昼間に……学校は？」

「今日は、今の赴任先の高校の創立記念日なんだ。心配しなくても、妻には、顧問をやってるバスケ部の自主練に付き合うと言ってある」

爽やかともいえる口調でそう言い、寺島はチノパンのポケットに突っ込んでいた手をひき抜いた。そこには、カッターナイフが握られている。

「先生……！」

チキチキと場にそぐわない軽い音を立ててカッターの刃を出し入れしながら、寺島は歌うように言った。

「脅したくはないけど、こうでもしなきゃ、二人きりになれないからね。あの目つきの悪い男がもれなくついてくるんじゃ、落ちついて話もできない。さ、行こうか」

カッターをちらつかせながら、寺島は澄哉の腕を引き、ついてこいと促す。

「先生とは、きちんと話をしたいと僕も思ってました。でも、こんな脅迫みたいなこと」

「脅迫じゃないよ。自衛だよ。さ、行こう。いい場所があるんだ」

楽しげな寺島の顔と口調から察するに、きっと彼は朝から店の近くに潜み、二人が出てくるのを待っていたのだろう。平日の昼間で彼らが油断しているという予想が、まんまと当たったわけだ。

千載一遇のチャンスをものにした以上、寺島がちょっとやそっとのことで引き下がるとは思えない。吾聞を呼ぼうかと思った澄哉は、いや、と思い直した。

ここで吾聞を交えず、寺島と二人で誠意を尽くして話をすれば、寺島も正気を取り戻し、澄哉のことは忘れる決意をしてくれるかもしれない。そう期待したのだ。

「……わかりました」

(吾聞さん、ごめんなさい。少しだけ……少しだけ、僕ひとりで頑張らせてください)

寺島が現れて以来、窮屈になってしまった生活に、吾聞は文句一つ言わず付き合い、澄哉を守り続けてくれた。そんな吾聞にまた心配をかけてしまうと思うと胸が痛かったが、せめて最後くらい、自分ひとりでけりをつけたい。

そんな思いで、澄哉は寺島に引きずられるようにして、路地の奥へと歩いていった。

「ほら、ここだよ」

優しげな言葉使いとは裏腹に、寺島はずっと摑んだままだった澄哉の左腕を投げ捨てるように、前方へグイと押した。

「う、うわッ」

バランスを崩して、澄哉は床に両膝をついた。咄嗟に右手で身体を支えようとしたが、長時間摑まれていたせいで腕が痺《しび》れていて、そのまま倒れ伏す。

「ぶっ……ゲホッ、ケホ……」

倒れ混んだ先はマットレスのようなものが積み上がっていて、怪我はせずに済んだが、舞い上がった大量の埃で、澄哉は激しく咳き込む。その耳に、寺島が扉を施錠する音が聞こえた。

「ゲホッ……ここは……？」

まだ咳き込みながら、どうにか身を起こした澄哉は、周囲を見回した。

薄暗い、やけに広い空間は、蒸し風呂のように暑かった。頭上の剝き出しのトタン屋根から、恐ろしいほどの熱が放射されている。

「倉庫……？」

「そう、うちの学校が学外に持ってる倉庫だよ。卒業生の親が地主さんでね。ご厚意で借りてるんだ。運動会の道具なんかを、ここにしまってある」

寺島は明るい口調でそう言い、両腕で倉庫の中にあるものを指し示した。

なるほど、玉入れのカゴや、球転がしの大玉、むかで競争の長い下駄《げた》、入場門……。どこの学校にもあるような品々が、広い空間にしまい込まれている。

「倉庫……」

澄哉は忙しく周囲を見回した。出入り口は一ヶ所で、さっき寺島が鍵をかけてしまった。あと、逃げられそうなのは窓だが、小さな窓はかなり上のほうにあり、しかも盗難防止の格子がはめこまれている。

せいぜいカラオケボックスに連れ込まれる程度だと考えていた澄哉は、自分の迂闊さを呪った。いつも、隠れて会うときにはカラオケボックスかシティホテルだったので、まさか、こんな人が近づかない場所を彼が知っているとは思いもしなかったのだ。

「ここなら、誰も来ない。ゆっくり話ができるだろ？　まあ、ちょっと暑いけど、我慢してくれるよな」

もはや額からダラダラ汗を掻きつつ、寺島は座り込んだままの澄哉の前に片膝をついた。その片手には、相変わらずカッターナイフがある。

澄哉のこめかみからも、頬へと汗が伝い落ちた。頭がクラクラするほど暑いはずなのに、悪寒で全身が細かく震える。

「先生……お願いです。こんな監禁まがいのこと、やめてください。落ちついて話を」

「うるさい」

「ひっ……」

喉元にカッターナイフの尖った刃を突きつけられ、澄哉は息を呑む。全身から、暑さのせいではない汗が噴き出し、Tシャツをじっとりと濡らすのがわかった。

「先生……っ。話を、聞いてくださ」

「黙れ。俺はなあ、お前を心配してたんだよ。別れたとき、お前が滅茶苦茶傷ついた顔をしてたし、思いきって教会を訪ねてみたら出ていったって言うし、よっぽど自分を責めたんだろうって」

微妙にカッターナイフを上下させつつ、寺島は澄哉の顔をじっと見て言った。

「それは……当然……」

「俺も反省したんだ。妻と娘がいることを伏せたままお前とつきあったのは、フェアじゃなかった。お前が別れるって言うから、つい動揺して妻と別れてもいいなんて言ったけど、あれは……その、嘘だ」

「えっ……？」

目を見張る澄哉の目の前で、寺島は額をポロシャツの袖に押しつけて汗を拭い、話を続けた。

「俺ん中では、妻は妻、お前はお前だった。だ、だから、妻と別れるって言ったのをお前、凄く気に病んでたろ？　行き先を突き止めて、会って、あれは嘘だったたって謝りたかったんだ。大丈夫、妻とは絶対に別れない。妻も子供も大事に思ってる」

「……先生……。それは教えていただいて……よかった、です」

澄哉は心からそう言い、ほんの少し強張っていた頬を緩めた。二人のかつての関係がなかったことになるわけではないにせよ、寺島が妻子を大事にしていると明言したのは、澄哉にとってある意味、僅かでも救いだった。しかし、寺島は勢い込んでこう続けた。

「だろ？　そんなに気負うことはなかったんだよ。男同士なんだから、セフレでいいじゃないか。どれだけ抱き合ったって、子供ができるわけじゃない。お前は独身だし、俺はその、子供が出来てから、妻とは……そっちは疎遠だったし、ちょうどいい具合に発散できてさ、なっ」

「…………ッ」

セフレ……セックスフレンドという言葉に、ただ身体だけの関係でいいという寺島の言い様に衝撃を受け、澄哉は言葉を失う。そんな澄哉にのし掛かるように顔を近づけ、寺島は不自然なまでの明るい笑顔で言った。

「だから、心配しなくていいんだよ。お前が教会を出たことについては、責任を感じてる。苦しめてしまったことは、謝る。このとおり」

憮然《ぶぜん》とする澄哉にペコリと頭を下げ、寺島は自由な左手を澄哉のほうに伸ばした。

「い……やだ……」

澄哉は後ずさろうとするが、さっきのマットに背中が当たり、それ以上逃げられない。じっとり湿った生温かい指先が、澄哉の頬に当たる。

「ほら、拗《す》ねるなよ。悪いと思うけど、でも結果オーライだろ？　神父になるのをやめたんなら、男と付き合うのももうノープロブレムだ。高校時代からずっと俺が好きだったたって言ってたじゃないか。あんな男で間に合わせるより、ずっと好きだった俺のほうがいいだろ？」

「……っ」

「大丈夫だって、もう、妻と別れるなんて言わない。きちんと分けるから。お前に負担は掛けないよ。前みたいに無邪気に、大好きですって言ってくれていいんだよ！」

「先生……何言って……」

「なあ、わかるだろ。俺がどんだけ、お前を大事に思ってるか。お前は素直だし、可愛いし、俺の言うこと何でも聞くし、身体の相性もいいし、口が硬いから、俺の家族にも職場にも何も言わない。最高の恋人だよ。これも、今まで言ってやったことがなくてごめんな？　それで拗ねてたんだよな？」

触れられている寺島の指先から流れ込んだどす黒い絶望が、ゆっくりと澄哉の全身に広がっていく。

（僕が好きだった人は……こんな……こんなことを考えてたのか）

衝撃のあまり見開いたままだった澄哉の目から、涙がポロリと零れた。心が凍り付くと、皮膚の感覚すら鈍くなるのだろうか。室内の暑さなど、もう気にもならなくなっていた。寺島には最初から、愛などなかったのだ。

彼が必要としていたのは、彼を決して裏切らない従順な性のはけ口としての、あるいは自尊心を満足させてくれる存在としての澄哉だった。

ストーカーまがいの、というかもはや立派な彼のストーカー行為も、愛が高じてではなく、単純に、便利な玩具への執着心に過ぎなかったのだ。

「なあ。今の学校に移ったのはただの人事異動だったけど、またわりに近くにいるんだ、前と同じように会えるよ。嬉しいだろ？」

手のひらで頰を撫でられ、澄哉は総毛立った。その手に触れられて歓《よろこ》びを覚えていた過去の自分が愚かしすぎて、今は憎くすらある。

（僕は……こんな人に、ずっと片想いを。なんて馬鹿なんだ）

「……離して、ください」

「何でだよ？　それとも何か、やっぱり俺より今の男がいいのか？　俺と別れた罪云々ってのは、ただの言い訳だったってのかよ！」

「違……ッ」

寺島は、それまでの上機嫌をかなぐり捨て、いきなり荒々しい口調で澄哉を詰った。両目に、あの夜の異常なぎらつきが戻る。右手にカッターナイフをもったまま、彼は左手を澄哉の首に掛けた。

ほっそりした白い首筋に、日焼けした太い指がギリリと食い込む。

「ぐ……せ、んせい……やめ、て……つッ」

澄哉は両手で寺島の手を自分の首からどけようとしたが、右手の甲をカッターで切りつけられ、焼けつくような痛みに悲鳴を上げる。

傷は浅かったが、長い傷口からは、ダラリと赤い血が流れた。

「お前は！　俺が好きだったんだろう！　高校にいる間ずっと、俺のことを物欲しげな目で見てたろ？　俺は知ってたぞ！　だから再会したとき、もうお互い大人だからいいだろうってんで、抱いてやったんだ」

「……ッ」

「嬉しかったろ!?　だから、お前が俺に逆らわないのも、女房と違って口答えしないのも、俺がやりたいときにやらせてくれるのも、当たり前なんだ！　今さらそんな裏切り、許さないぞ！」

上擦った声で怒鳴りながら、寺島はぐいぐいと全身でのし掛かってくる。澄哉の背中は、固いマットに擦れて火傷のようにひりついた。首にあてがわれた左手に寺島の体重が乗り、気管が押し潰されて息が苦しくなる。

ヒュウッと喉を鳴らし、澄哉は弱々しく身もがきした。

「せ……せい、やめ……て……」

あまりにも悲しい寺島の本心を明かされ、澄哉の目からは途切れることなく涙が流れる。それはまた、迂闊に吾聞の傍を離れてしまったことへの、後悔の涙でもあった。

(吾聞さん……今、僕のこと心配して、探してくれてるかもしれない)

何かあったら、必ず自分を呼べと言った吾聞の顔が、ふと脳裏に過ぎる。

「……ん、さん……」

声帯のあるあたりを圧迫されているせいで、声が出しにくい。空気すらろくに肺へ通らず、だんだん全身に力が入らなくなってきた。

「二人でいるのに、あの男の名前を呼ぶなッ！」

カッターナイフを投げ捨てた寺島に、二度、三度と頬を打たれるが、その痛みすら、すでに酷く鈍い。視界も、徐々に暗くなってきた。

住宅街の中にぽつりとある倉庫だ。呼んだところで、いくら吾聞でもこの場所を探り当てることができるとは思えない。それでも澄哉の心の中には、吾聞への想いだけが満ちていた。

（ごめんなさい。迷惑ばっかりかけて、心配ばっかりさせて……吾聞さんはいつも優しくしてくれたのに、僕は何のお返しもできず……）

このまま寺島に殺されてしまうなら、最期に瞼の裏に思い浮かべるのは、吾聞の姿がいい。最期に呼ぶのも、吾聞の名前がいい。

ギリギリと、寺島の指がさらに喉に食い込む。ろくに動かない声帯を、最後の力を振り絞って振るわせ、澄哉は祈りの言葉のように、愛おしい男の名を呼んだ。

「あも……ん、さん……っ」

「この野郎……ッ！」

寺島は、両手で澄哉の首を締め上げる。

そのとき、頭上で凄まじい……何かが高速で屋根に衝突したような音がした。

「……ッ！」

驚いた寺島の手から、一瞬、力が抜ける。その隙に澄哉は寺島から逃れ、飛び退った。

圧迫されていた喉に、一気に空気が流れ込み、暗くなりかけていた視界が戻ってくる。

次の瞬間、メリメリというトタン屋根がひしゃげる音と共に、二人の間に何か巨大なものが大量の埃や建材の破片と共に落ちてきた。

澄哉は咄嗟に片腕で頭と顔を庇い、傷ついた喉をゼイゼイ言わせ、肩で息をしながらも、何が起こったのか把握しようとする。

大きな物体は、さっき澄哉が倒れ伏したマットの上に落ち、それからごろんとコンクリート打ちっ放しの床に転がった。

それが人間であることに……しかも上半身が裸の吾聞であることに気づき、澄哉は掠れた悲鳴を上げて這い寄った。床に倒れた吾聞の広い背中を、血相を変えて揺さぶる。彼の滑らかで真っ白な皮膚は、氷のように冷たかった。

「吾聞さん、吾聞さんッ！」

必死で名を呼ぶ澄哉の声は、まだ酷くひび割れている。だが、自分の身体の痛みなど、澄哉は微塵《みじん》も感じていなかった。

「……しくじった」

取り乱す澄哉とは裏腹に、吾聞はいかにも苦々しげな声でそう言いながら、ゆっくりと身を起こした。ブルリと頭を振り、長い髪に絡みついたあれこれを振り飛ばすと、しっかりした足取りで立ち上がる。

「え……ええええ!?」

ひとまずは彼が立ったことに安心したものの、いったい何故こんな姿で、しかも屋根をぶち破って落ちてきたのか、澄哉にはまったく理解できない。

それでも、「呼べば必ず応える」と言った彼が約束を守ってくれたことだけは、動転した澄哉にも理解できた。

「吾聞さん、来てくれたんですね！　でも……あの、だ、大丈夫ですかっ？」

いったいこの短時間のうちに、どうやってこの場所を突き止めたのかはわからない。しかし、余程無理をしたに違いない。まだ立ち上がれない澄哉は、吾聞のすらりとした脚に縋り付き、彼が怪我をしていないか確かめようとした。

だがそんな澄哉にはお構いなしで、吾聞は無造作にむき出しの肩や腕の埃を払いながら言った。

「久しぶりに飛んだから、勘が狂った。翼を畳むのが早すぎたんだ。おかげで、無様に落ちてしまった」

「つ、ば、さ？」

この非常時に信じられない台詞を口にする吾聞に、澄哉は目をパチクリさせる。「翼だ」と復唱して、吾聞は目を閉じ、無造作に両腕を広げた。

たちまち、彼の肩甲骨のあたりから、漆黒の翼が生え、薄暗い倉庫の中で大きく広がる。

それは、よく絵画に描かれる天使の翼のような装飾的なものではなく、まさに羽ばたくために存在する、フクロウのものに似たたくましい翼だった。

小さく羽ばたきをすると、真っ黒な羽根が数枚、ふわりと舞い散る。

「ヒイッ……な、なんだ、お前！　化け物か……ッ！」

「人の道に外れたことをしでかしたお前が、俺を化け物呼ばわりか。笑止千万だな」

「ひいいッ……こっちへ来るなっ！」

床に尻餅《しりもち》をつき、唖然《あぜん》としていた寺島の口から、上擦った声が上がる。澄哉もまた、夢でも見ているかのような眼差しで、吾聞の仏頂面と、この世のものとは思えない美しい翼を凝視している。

「吾聞……さん……。まさか、ホントに……あく、ま……？」

澄哉の切れ切れの言葉に、吾聞は「何度もそう言ったろう」と言い放った。そして、両手で軽々と澄哉を抱き上げ、積み重なったマットの上に座らせる。

「大丈夫か？」

同じ目の高さで問われ、澄哉は頷いた。

「僕は大丈夫です」

だが吾聞は、澄哉の右手の甲についた切り傷に気付くと、恐ろしく険しい表情になった。

全身から、怒気が立ち上るのがわかる。

「俺のものに傷を付けたか。その罪は、贖《あがな》ってもらうぞ。今すぐにな」

そう言うと、吾聞は澄哉の右手を取り、傷口を舌先で舐めた。ねっとりした舌の感触とピリッとした痛みに、澄哉は小さく身を震わせる。

「吾聞……さん……？」

これから何が起ころうとしているのかわからず、澄哉はただ狼狽えて吾聞の名を呼ぶ。凄みのある笑みを浮かべ、吾聞は押し殺した声で言った。

「お前はそこで見ていろ。あいつには、やはり俺が対処する」

「でも……。あの、お願いですから、手荒なことは……吾聞さんが、僕のせいで犯罪者になったら、僕はもう生きていけません」

吾聞の「対処」という言葉に怯え、澄哉は吾聞を必死で引き留めようとする。だが吾聞は、澄哉の手を自分の腕から優しく離すと、こう言った。

「お前が望むのは、あの男がお前を忘れ、妻子の元に戻り、平穏に暮らすこと……だったな？」

「は……はいっ」

澄哉は何度も頷いた。どんなに傷つけられても、相手に報復などは決して望まない澄哉である。彼が不幸になればいいなどとは、決して考えない。

「俺としては忌々しいほど温い『処置』だが、お前がそう望むなら、叶えてやろう」

そう言うと、吾聞は寺島のほうに向き直った。

バサリと無造作に翼を畳むと、ツカツカと寺島に歩み寄り、その頭を左手でガッと摑む。

まさに摑むとしか言い様のないアクションに、澄哉は息を呑んだ。

「や、やめろ、離せ！　痛いッ！　暴力沙汰は……！」

吾聞の大きな手にギリギリと頭を締め付けられ、寺島は情けない声を上げる。だが吾聞は、少しも力を弱めず、こう吐き捨てた。

「澄哉を傷つけておいて、どの口が抜かす。心配しろ。お前の血には、俺が手を穢す価値などない。澄哉もそれを望まない。ただ、お前のこの貧弱な脳の中に、俺のものの記憶が残っていることが、俺は許せないんでな」

そう言うなり、吾聞はオオカミの唸り声のような、猛々《たけだけ》しい声を上げた。全身の力が、寺島の頭を摑んだ左手に集中しているのがわかる。凄まじい苦痛を味わっているのだろう、身も世もない寺島の悲鳴が、倉庫に響き渡る。

「吾聞さん……いったい、何を」

両手で口を覆った澄哉の目の前で、寺島の悲鳴を上げていた口が、通常ではありえない、それこそ顎が外れたような角度で大きく開いた。

ああぁ……と溜め息のような、断末魔のような声と共に、白く濃い煙が、その口から雲のように吐き出される。吾聞は右手でそれを何の迷いもなく摑み、引きずり出した。ああ……と、恐ろしい苦悶の声が寺島の開けっ放しの口から漏れる。飲み込めない唾液が、ズルリと顎の先から垂れた。

「な……な、に……？」

呆然としている澄哉をチラと振り返り、吾聞は平然と言った。

「こいつの頭の中から、お前の記憶を根こそぎ引きずり出した。基本的にお前とは二人きりで会っていたようだから、さほど実生活に支障は出るまい」

そう言いながら、吾聞は実に荒っぽく、その白い煙の塊……彼が言うところの、寺島の記憶の一部をブチッと音を立てて引きちぎった。そして、それを躊躇なく口に放り込み、同時に寺島の頭から手を離す。

タイヤから空気が漏れるような間の抜けた声を発しながら、寺島は床に倒れ込んだ。

「心配しろ、死んではいない。そのうち目覚めて、いったい自分はこんな場所で何をしていたのかと、首を捻りながら家へ帰るだろう。……お前のことなど、すっかり忘れてな」

まだモグモグ口を動かしながら、吾聞はそう説明し、呆気に取られて口を半開きにしたままの澄哉の前に立った。

「満足か?」

「本当に、今の……先生の中の、僕の記憶……?」

「そうだ。ああ、しかし実に不味かった。お前の記憶なら旨いかと思ったが、あの性根の歪んだ男の目を通した記憶は、いくらお前のものでも酷い味だったぞ」

まるで「さっき食べたパンは不味かった」と言うような軽い口調でそう言い、吾聞は口直しだと言わんばかりに、澄哉の唇に音を立ててキスした。

「わッ」

それで我に返った澄哉を面白そうに見やり、何度か小さな羽ばたきを繰り返すと、吾聞の背中の羽根はたちまちかき消えた。

澄哉は、まだ半ば放心したような顔で、吾聞の端整な顔を見上げた。

「吾聞さん……ホントに、助けに来てくれたんですね。しかも、空を飛んで……?」

「でなければ、間に合わなかっただろう?」

「それはそうですけど」

「立てるか? あの男が目を覚ます前に、行くぞ」

吾聞はそう言って、澄哉を床に抱き下ろした。座っているうちに血液が十分に身体を巡ったのだろう。しっかりした足取りで、澄哉は床に立つ。

「よし、行こう」

「ちょ、ちょっと待ってください、吾聞さん。上、裸ですよ！　シャツは？」

「……ああ。翼を出したとき、破れてしまったから捨ててきた」

吾聞は、そこで初めて自分が半裸であることに気付いたらしい。こともなげに答えると、肩を竦めた。

「まあ、ここも暑いが外も暑い。きっと、少しばかり行きすぎたクールビズだと思われるだけで済むだろう」

「行きすぎたクールビズって……」

澄哉は絶句した。これを冗談でなく本気で言っているのが、吾聞の恐ろしいところである。しかし、そのとんちんかんな言葉のおかげで、澄哉の動揺しきっていた心は少し落ち着きを取り戻した。

きっとシャツのことなど気にも留めず、吾聞は死にものぐるいでここまで文字どおり飛んできてくれたのだ。ただひたすらに、澄哉を助けるために。

そんな吾聞の真心が、何よりも澄哉の胸に迫る。

（そっか。吾聞さん、ホントに悪魔なんだ……。だから、人間の気持ちに凄く疎かったん

だ。でも、こんなに優しい悪魔が、この世にはいるんだな)

澄哉のほこりまみれの頬が、自然と柔らかく緩んでいく。

「そうですね。吾聞さんは行きすぎたクールビズだし、僕は埃だらけだし、凄く目立つ二人だと思いますけど、どうしようもないですもんね。帰りましょうか」

「ああ、帰ろう」

吾聞は澄哉の肩を抱き、歩き出す。

(……さようなら、先生。お元気で)

だらしなく床に伸びた寺島を一度だけ振り返り、澄哉は心の中で、今度こそ永遠の別れを告げた。


道行く人々に遠巻きにジロジロ見られる、澄哉にとってはかなり厳しい道行きの末、ようやく「純喫茶あくま」に帰り着いたときには、午後四時を過ぎていた。

「今日は、店は開けられんな」

そう言うと吾聞は、店の入り口のプレートを引っ繰り返し、「本日定休日」にしてしまった。

「今日は定休日じゃないのに。臨時休業の張り紙でも書きましょうか?」

澄哉はそう言ったが、吾聞は平然と言い返した。

「俺が休もうと思った日が定休日だ。構わん」

「そんな……わッ」

ホッと一息つく暇もなく、澄哉はまた驚きの声を上げる羽目になる。半裸のままの吾聞が、澄哉をいきなり抱き上げたのだ。

まるで幼子か女の子のように両手で抱かれ、澄哉は狼狽えて足をバタバタさせた。

「吾聞さん、な、何するんですかっ」

「洗う」

それに対する吾聞の返事は、あまりにも簡潔だった。

「あ……洗う？」

度肝を抜かれたままの澄哉を軽々と抱え、吾聞はカウンターを通り抜けて、階段を上がっていく。

「洗うって、吾聞さん」

すぐ真上に、吾聞の整った顔がある。こんな風に誰かに抱いて運ばれるのは、初めての経験だ。羞恥に耐えられない思いだが、さすがに階段で暴れて、もしものことがあっては困る。

途方に暮れる澄哉の顔を見下ろし、吾聞は実に不機嫌な顔で言った。

「臭い」

「えっ……ぼ、僕が、ですか?」

「お前は埃まみれだが、あの男の臭いもついている。不愉快だ。すべて、洗い流す」

「洗い流すって、まさか……わあああっ」

そこでようやく吾聞の意図に気付いた澄哉は、今度こそ恥ずかしさのあまり暴れ出す。だが、それを易々《やすやす》と封じ込め、吾聞は澄哉をバスルームへ運んだ。

脱衣所をパスして、いきなり浴室に連れ込まれ、強引に服を剝ぎ取られる。まだ夏の日が磨りガラス越しに差し込む明るい浴室でたちまち全裸にされ、澄哉は泣きそうな顔になった。

自分が裸にされただけならまだしも、狭い浴室の中、真ん前で吾聞もそれは堂々と服を脱ぎ捨てていく。

生きる彫刻のような、完璧な裸体を見せつけられ、澄哉は自己嫌悪と羞恥のあまり座り込んでしまった。その頭の上から、今度は盛大に熱めのシャワーが降り注ぐ。

「吾聞さんっ、駄目、これ、駄目です……っ」

澄哉は膝を抱え込み、真っ赤な顔で顔を伏せた。

「何がだ」

「こんな明るいところで、こんなっ、は、裸、とか、恥ずかしい」

自分の貧弱な身体を吾聞に見られるのは恥ずかしいに決まっているが、吾聞の立派すぎる肉体を目の当たりにするのはもっと気恥ずかしい。真っ赤になって、ダンゴムシのように小さくなった澄哉を見下ろし、吾聞は閉口して小さく舌打ちした。だが、その程度の抵抗で、彼が澄哉を解放するはずもない。

「なら、これでよかろう」

そう言うなり、吾聞が自分と向かい合って胡座《あぐら》をかいたのに続き、視界に飛び込んできた黒いものに、澄哉はあっと口を開けた。

吾聞のむき出しの背中から狭い浴室いっぱいに広がったあの見事な翼が、ふわりと澄哉の身体を包んだのだ。

思ったよりずっと柔らかい羽毛の感触に、澄哉は呆然として動きを止めた。おずおずと漆黒の翼に触れ、それから心配そうに吾聞の顔を見る。

「あの、これ、濡らして大丈夫なんですか？」

妙なことを心配する澄哉に、吾聞は喉声で笑った。

「別に構わん。鳥とは違って、これは……言葉で表現するのは難しいが、観念が姿を成したようなものだからな」

「観念……？」

「翼に限らず、俺の姿は、もともとこうだというものがあるわけではない。人に紛れて生きるのに、こうあれば心地がよかろうと思った姿だ。全身の状態を変えようと思うと骨が折れるが、部分的に変化させるのはそう難しくない」

澄哉はあまりの翼の見事さ、降り注ぐ熱い湯の心地良さに徐々に羞恥心が薄れるのを感じながら、自分の裸体を包む翼をそっと撫でた。

「吾聞さんは、本当に悪魔……なんですか？」

するとと吾聞は、両手で濡れた澄哉の前髪を梳《す》きながら、こともなげに答えた。

「敬介が悪魔と言ったから、わかりやすかろうと思って悪魔という言葉を使っているだけだ。俺は、人ならざる者。それだけだ。長い時間を、その時々になりたい生き物の姿になって生きてきた」

「なりたい生き物の姿……？」

「大きなトカゲになってみたこともある。海の暮らしはどうだろうと、魚になってみたこともある。意外と面倒だったから、すぐやめたがな。今は、人に紛れて生きるのが面白いから、この姿でいる」

「でも、飛びたければこの翼をいつでも生やすことができる……？」

「そうだ。望めば、いつでも生える。俺の意思が形になったと思えばいい」

「こんなにしっかりした翼で、こんなに気持ちのいいフワフワの羽根が生えてるのに、これが、吾聞さんの意思……」

「そうだ」

　頷いて、吾聞は心地よさそうに目を閉じた。軽く仰向くと、シャワーの湯に濡れた長い黒髪が白い首筋に貼り付いて、酷く艶《なま》めかしい。

「だからお前がそうして俺の翼に触れているのは、言うなれば俺の魂に直接触れているということだ」

「えっ？　あっ」

　澄哉はビクッとして翼から手を離したが、吾聞は目を閉じたまま言った。

「やめるな。お前の手は快い」

「……本当に？」

「ああ。お前は人間には珍しく、自分の心を偽らない。お前に触れると、お前の心が伝わってくる。それが心地よい」

「……僕の、心が？」

少し戸惑った澄哉の気配に、吾聞は目を開けた。そして、ニヤリと笑った。

「今は、俺が愛おしいと思っている」

「ひっ！」

本心をズバリと言い当てられ、澄哉の顔が火を噴く。だが彼は、素直に頷いた。

「はい。……さっきは動転してててちゃんと言えませんでしたけど、助けに来てくれて、ありがとうございました。ホントに……ホントに、嬉しかったです。あのとき、僕、殺されるなら、吾聞さんのことだけを考えて死のうって思ってました」

こみ上げた涙が、シャワーの湯に混じって澄哉の頬を流れ落ちる。

「お前は俺のものだ。誰があんな奴に殺させるか。呼べば助けにいくと、約束しただろう。人間と違って、人ならざるものは、嘘はつかん」

そう言いながら、吾聞の両手は澄哉の頭からこめかみ、頬を撫で、首筋へ降りていく。

「……赤くなっている。あの男の手形か。気に入らんな」

「す、すみませ……いたっ」

気に入らないと言ったが早いか、吾聞は澄哉の細い首筋にがぶりと噛みつく。本気で歯を立てられ、澄哉は小さな悲鳴を上げて吾聞の肩に両手を掛けた。

だが、それが吾聞の悋気《りんき》そのものだと思えば、痛みすら不思議なほど甘美に感じられる。

「ん……」

思わず甘い声を漏らした澄哉の唇を、吾聞は荒々しく自分の唇で塞いだ。ビクリと震えたものの、澄哉はそれを柔らかく受け止めた。

角度を変え、執拗に澄哉の唇を貪る吾聞の唇も、強引に押し入ってくる舌も、恐ろしく荒々しい。それでも、澄哉を引き寄せる力強い両腕からも、澄哉の裸体を包み込む翼からも、吾聞の澄哉に対する労りが感じられ、恐怖はなかった。

「ん……ふ、ぅ」

息をする暇すらろくに与えられず、澄哉は鼻にかかった声を切れ切れに漏らしながら吾聞に縋りついた。

勢いよく湯を浴び続けていても、吾聞の肌はひんやりと冷たい。それは、彼の身体が血肉の通った人の肉体とは違うものだからなのだろう。

（だけど……何故か温かい……ううん、熱い）

吾聞の胡座の上に向かいあうように抱き上げられ、自然と両脚が大きく開く。たまらなく恥ずかしかったが、澄哉は敢えてその羞恥心に耐えた。

吾聞が全身全霊で澄哉を求めてくれていることが、触れ合っている肌越しにクラクラするほど濃密に伝わってきたからだ。

「抱くぞ」

耳元で低く囁かれ、澄哉の身体は内側からカッと熱くなる。小さく頷くと、また、噛みつくようなキスをされた。

そして、大きな手のひらに、全身をくまなくまさぐられる。降り注ぐシャワーの下にいると、降りしきる雨の中で抱き合っているようだった。

「あの男の臭いなど、消し去ってやる」

ボディシャンプーを背中にたっぷりと垂らされ、吾聞の手がそれを澄哉の肌の上で泡立てる。ヌルヌルと液体が滑る感じと、ふんわりした泡にくすぐられる感じ。

「や……っ、ん、んんっ」

より自由に、傍若無人《ぼうじゃくぶじん》に動く吾聞の手は、澄哉の脚の間に入り込み、ゆるく頭をもたげつつあったものを包み込んだ。みるみるうちに、吾聞の手の中で張り詰めていくものを見ることはさすがに耐えられず、澄哉は吾聞の首に両腕を回し、しがみついた。二人の胸がピッタリと触れ合い、吾聞のもう一方の手が、澄哉の後ろに回る。

わざとゆっくり背筋を降りていく悪戯な指に、澄哉の喉がゴクリと鳴った。

「お前は……こんなときも、心を偽らないな」

「えっ……？」

澄哉の熱くなった耳たぶを食み、吾聞はどこか嬉しそうに囁きを落とす。

「俺に抱かれることを、お前の全身が歓んでいる。身も、心も。不思議なものだ。俺はずっと、俺は人間の昏い念、歪んだ想いが面白いと思ってきた。だが……お前だけは違う。お前の感情のすべてが、俺には快い」

「僕……のっ、か……ん、じょう……っ？」

話している間も、吾聞の手は決して休まない。初めて抱き合うのに、澄哉の敏感な場所を吾聞の指先は器用に探り当ててしまう。澄哉は、体内にわだかまる熱を持て余し、切なく痩身《そうしん》をくねらせた。

「ああ。お前の心は、澄んだ湖水のようだ。覗き込めば、すべてが見える。掬って飲めば、蜂蜜《はちみつ》のように甘い」

「……掬って……飲むって……あ……」

甘い吐息を漏らしつつ、澄哉はさっきの吾聞の行動を思い出していた。

あの埃っぽい倉庫の中で、吾聞は寺島の口から奇妙な煙を引きずり出し、食べてしまった。あれは……。

「俺は、人ならざる者だ。人の食い物も食うが、望めば、人が放つ気を食うこともする」

「……気……？」

「今、お前が全身から放っているものだ。俺がほしい、俺が愛おしいと、食うまでもなく俺の中に流れ込んでくる。……いい口直しだ。あの男の気は、飲み込むのを躊躇うほど不味かったからな」

そう言うなり、吾聞はボディシャンプーでぬるついた指を、澄哉の後ろに差し入れた。

「はっ、あ……」

湯とボディシャンプーのおかげで痛みはないが、中で指を動かされ、粘膜の筒の中で泡立つのがわかっていたたまれない。

「あもんさん……っ、や、やだ、それ……ああっ」

忙しくなる呼吸も、つい漏れてしまう甘い声も、激しい水音と湿った空気に紛れ、決して広くない浴室の空気に溶けていく。

「心配するな。お前を傷付けはしない」

「そんな、ん……あっ」

きっと、触れ合った肌を通して伝わってしまうのだろう。澄哉が快感を覚える場所を、吾聞の長い指が正確に、繰り返し擦り上げる。

絶え間なく与えられる悦楽に、澄哉はとうとう言葉をなくし、すすり泣きのような声を上げた。

「お前の昂ぶりが、俺を昂ぶらせる。お前は本当に面白いな」

指を引き抜き、低く囁く吾聞の声もまた掠れている。腰を少し上げられ、後ろにあてがわれたものの熱さに、澄哉は思わず生唾を飲んだ。

物理的な熱ではない。それは、澄哉を欲しがる吾聞の心の熱さそのものなのだ。

澄哉は努めて身体から力を抜き、吾聞を受け入れようとした。ゆっくりと腰を落とすと、吾聞のものがジワジワと身体に押し入ってくる。

「……く……ッ」

初めて受け入れるものの大きさに、細い身体が悲鳴を上げる。澄哉が苦しげな吐息混じりの声を漏らすと、吾聞の手がしっかりと腰を支えた。

「無理はするな」

身体の深いところを押し広げられ、切り拓《ひら》かれるつらさは、気遣ってくれる吾聞の言葉と優しい手に癒され、和らげられる。澄哉は吾聞に抱き締められたまま、ついに彼を体内に収めた。

繋がった場所がざわめく、と言うと奇妙な表現かもしれない。だが、そこから二人の互いを求める想いが絡み合い、溶け合い、澄哉の身体の奥底で激しく渦巻くようだった。

「吾聞さんが……入ってくる。僕の、中に」

譫言めいた口調で澄哉が呟くと、吾聞も荒い息を吐いて頷いた。

「ああ。……お前は不思議な奴だ。俺が一方的に人を貪ることは容易い。だが……お前は俺に自分から惜しみなく与え、俺からも奪う」

「……ぼく、が、あもんさん……を……？」

「ああ。だが、お前に気を奪われるなら構わん。俺の気が、お前の気と混じり合う。こうして身体を繋ぐことで、気も繋がる。何もかもが一つになる……お前となら、それすら心地よい」

「は……あ、ああっ」

それに対する澄哉の返事を待たず、吾聞は腰を突き上げた。さらに深いところを突かれ、敏感な粘膜を熱い切っ先に擦られて、澄哉は高い声を上げ、しなやかに背中を反らした。

揺さぶられ、摑んだ腰を自在に上下させられ、まるで凪の中の木の葉のように翻弄される。

激しすぎる抽挿に、澄哉の身体は悲鳴を上げていたが、それでも心は不思議なほど凪いでいた。

今度こそ、本当の愛を手に入れた。そんな確信がある。

勿論、肌を合わせたのも、本当の意味で心を繋いだのも、今が初めてだ。これからきっ

と、二人の間には色々なことが起こるのだろう。

それでも吾聞とならば、この生まれたばかりの小さな愛を大切に育てていける。

全身でそう感じながら、澄哉の身体と心は、吾聞と一緒に上りつめていく。

「あ……っ、ぁ……」

ひときわ強く抉られ、澄哉の芯はついに弾ける。背骨が折れるほど強く抱き締められ、熱いシャワーを背中に感じながら、澄哉はグッタリと弛緩し、吾聞の広い胸に身を投げた。

翌日、澄哉が目を覚ますと、太陽はもう高く上っていた。

ブラインドの隙間から入る朝の光を片手で遮りながら、澄哉は気怠《けだる》く寝返りを打とうとして、ハッとした。

「まぶし……」

(吾聞さん!?)

室内には、澄哉以外誰もいない。しかし室内を見回すと、それは慣れ親しんだ澄哉の部屋ではなく、これまで二度ほどしか訪れたことのない吾聞の部屋だった。

広さと間取りは澄哉の部屋と同じだったが、内装はまったく違っている。吾聞が来たとき、敬介が、吾聞の好みに合わせて揃えたのだろう。北欧風の、装飾が極めて少ないデザインの家具ばかりが揃っている。

（そうか……昨夜、あれから……）

徐々に記憶が甦ってきて、澄哉はたちまちあつあつになった頬を柔らかな枕に埋めた。

浴室で吾聞に抱かれ、そのあまりの激しさと湯のせいですっかりのぼせてしまった澄哉は、吾聞にバスタオルでくるまれ、赤ん坊のように抱かれてこのベッドに連れてこられた。

そこでさらに飽かず抱き続けられ、とうとう音《ね》を上げた澄哉が「これ以上されたら死んでしまう」と息絶え絶えで訴えると、ようやく吾聞はいかにも渋々、諦めてくれた。

そして澄哉がねだると、吾聞は傍らにごろりと横たわり、もう一度あの漆黒の翼で澄哉の裸を包んでくれた。澄哉は柔らかな羽毛に包まれ、驚くほど安らいだ気持ちで眠りに落ちたことを覚えている。

（結局、吾聞さんに助けてもらって……さんざん甘やかしてもらっちゃったな）

かつては一方的に求められ、身を投げ出して尽くすことに喜びを覚えていた澄哉だが、昨夜は、吾聞に貪られると同時に惜しみなく与えられた。

今、全身はくたくたに疲弊しているが、心は人生で一度もなかったほど満ち足りている。

初めて、自分は本当の居場所を得たのだと実感できた。

（だけど、吾聞さんってば、もういないし）

眠るまでずっと触れ合っていた吾聞が傍にいないことが寂しくて、澄哉は小さな溜め息をつく。

澄哉のためにゆるくエアコンをかけたまま、部屋の主である吾聞は姿を消していた。

枕元の目覚まし時計は、午後一時過ぎを指している。

確かに、開店準備前のブランチを摂るため、階下に降りる頃合いだ。昨日はなし崩しに臨時休業してしまったので、今日は店を開けないわけにはいかない。

吾聞がいつもどおりのタイムテーブルで動くのは当然のことだが、抱き合った翌朝くらい一緒にいてくれても……と思うのは、きっと自分が夢見がち過ぎるのだろうと、澄哉は苦笑いした。

それに、寺島との初めての朝は「置いていかれた」感が強かったが、今は、澄哉をゆっくり寝かせてやろうという吾聞の優しさを素直に感じることができる。

「僕も起きて、手伝わなきゃ」

シャワーを浴びて怠い身体にカツを入れるべく、澄哉はすぐ近くでクシャクシャになっていたバスタオルを腰に巻き付け、バスルームへと向かった……。

身支度を整えた澄哉が降りていくと、吾聞はいつものようにカウンターの中でスツールに座り、朝刊を広げていた。

「おはようございます」

澄哉がはにかみながら挨拶をすると、吾聞はバサバサと新聞を畳み、立ち上がった。

「寝ていてもよかったんだぞ?」

「いいえ、仕事はちゃんとしないと。……あの、でも、そう言ってくださる気持ちは嬉しいです。ありがとうございます。コーヒー、淹れますね」

昨日の今日で、顔を合わせるのが何とも気恥ずかしい。澄哉は目元を赤らめてサイフォンのあるほうへ行こうとしたが、吾聞に腕を掴まれ、抱き寄せられてしまう。

「吾聞さん……」

「頬が赤い。身体も熱いな」

「そ、それはシャワーを浴びたばっかりだから」

「俺を偽ろうとするなど百年早いぞ、澄哉。……なんだ、昨夜、やはりもう一度くらい抱いておけばよかった。朝からその気になる余力があ」

「わー！　わーわーっ！」

明るいうちからあけすけな発言を繰り出され、澄哉は吾聞の腕の中で悲鳴に近い声を上げながら暴れる。

「こ、これはっ！　吾聞さんがっ」

「俺が何だ？」

面白そうに目を細める吾聞を恨めしげに睨み、澄哉は耳たぶまで赤くして唇を尖らせる。

「吾聞さんが昨日、お風呂場であんなことするからっ！　シャワー浴びるだけで色々思い出しちゃって……ッ」

澄哉は本気で憤っているのだが、吾聞にとってはそんな抗議は睦言《むつごと》にしか聞こえないらしい。ますます楽しげな笑みを浮かべ、澄哉の鼻の頭をチロリと舐めた。

「なっ⁉」

「そうか、俺のせいか。なら、今すぐ責任を取ってやろうか？　お安いご用だぞ。俺は、今から明日の朝までても、お前を可愛がってやれる」

そう言いながら、吾聞は澄哉の腰を抱く手に力を込める。

「そ……そ、そ、そ、そんな……」

澄哉の頭頂部に蓋がついていたら、きっと開けた瞬間に大量の蒸気が噴き出したことだろう。

真っ赤な顔で口をぱくぱくさせる澄哉を、吾聞は蛙《かえる》を飲み込む瞬間のヘビのような、甘やかさと猛々しさが入り交じった笑顔で見つめてくる。

このままだと本当に二階に連れていかれて、本日も臨時休業という運びになるのは必定だ。

「だ……だ、駄目ですっ！　僕、やっぱり先に外を掃除してきますッ！」

いくらなんでもそれはいけないと、澄哉は彼の持てる力を振り絞り、吾聞の腕から逃れた。そのままの勢いで入り口に置いてあったほうきとちりとりを引っ摑み、外に飛び出す。

「……ふう」

吾聞のあの魔眼とも言うべき、人を惹きつけて離さない瞳から逃れ、澄哉はほうきで身体を支えながら、思わず大きな息を吐いた。

無論、澄哉の腕力で吾聞に対抗できるはずがないので、わざと逃がしてくれたに決まっている。あれは吾聞としては、本気まじりのからかいだったのだろう。

「もう、吾聞さんは……！」

まだ熱い頰を手のひらで冷やしながら、澄哉はもう一度、深呼吸した。心臓はドキドキしているし、全身が火照っている。恥ずかしいことこの上ないが、吾聞がくれる真っ直ぐな愛情が嬉しくて、澄哉の胸は幸福感に満たされていた。

恥ずかしさに耐えかねて飛び出してしまったが、吾聞と離れてたった十数秒で、もう彼の顔を見たい、声を聞きたい、触れたいと思う自分がいる。

ふと、目の前の「純喫茶あくま」と描かれたプレートが目に入り、澄哉はクスッと笑った。

以前の店名は、「純喫茶あした」だったと、いつか吾聞は言っていた。

よく見ると、おそらくは敬介の手書きであろう「し」がくせ字なために「く」に見えるだけだし、「た」に手を加え、実に強引に「ま」に書き換えた痕跡がある。

「あくま、か」

声に出して呟き、澄哉は微笑んだ。

かつて教会の日曜学校で、悪魔とは「人の心を惑わせ、悪い考えを植え付けて罪を犯させるもの」と教え込まれた。

（ホントだ。吾聞さんは、教会で教わったとおりの悪魔だ。だから僕は……惑わされる）

「そう、これは吾聞さんが悪魔だから」

澄哉は悪戯っぽく笑うと、プレートに手を掛け、引っ繰り返して「本日定休日」の面を表に出した。そして、優しい悪魔の誘惑に陥落することを自分に許して、さっき閉めたばかりの店の扉をそっと開けたのだった……。

あとがき

こんにちは、あるいははじめまして、椹野《ふしの》道流《みちる》です。

久しぶりに新作を書かせていただきました。ずっと書きたかった喫茶店ものです。

今どきのカフェも嫌いではないのですが、私はやっぱり昔ながらの喫茶店が好きですし、くつろげます。

子供の頃は、喫茶店といえば大人たち（主に親）に連れていってもらう場所でした。それも決してしょっちゅうではなく、歯医者さんで治療を頑張ったご褒美やら、旅行先での休憩目的やらと、ごくたまの特別な機会だけ許される贅沢でした。

そんなわけなので、メニュー選びに失敗は許されず、なかなか目新しいものを注文する勇気は湧きませんでした。クリームソーダ、チョコレートパフェ、そして食事をするときは、ナポリタンスパゲティが定番だったように記憶しています。

昔住んでいた街の駅前にある喫茶店では、ナポリタンは鉄板にこんもり盛りつけられ、てっぺんに小さなクリームコロッケが二つ並べられていました。

熱々の鉄板で軽く焦げたケチャップの匂い、食べるたびに口の中を火傷する揚げたてのコロッケ、茹できったという言葉がピッタリの、芯なんてどこにもない太いスパゲティ、嫌いだけれど、このときばかりは真っ先に頑張って食べるグリーンピース……。

今でもこんなに鮮やかに思い出せてしまうくらい、ナポリタンには強い思い入れがあります。そして、それはそっくり、このお話の主人公のひとり、吾聞《あもん》に引き継がれました。

作中で言っているとおり、これまでもこれからも、閉店後のまかないは毎日ナポリタンであるようです。澄哉《すみや》が飽きないことを、そしてたまには吾聞が、コロッケか目玉焼きでも添えてバリエーションをつけることを思いついてくれるよう、そっと祈りつつ原稿を書きました。

そういえば、はじめてひとりで喫茶店に入ったのはいつだっけ……と考えると、たぶん、二十歳前後だったと思います。

自動車のタイヤ交換をお願いすべく、大阪の下町のタイヤ屋さんに行ったとき、塩辛い顔をした店のおじさんが、「出来上がるまでコーヒー飲んどき」と、喫茶店のコーヒーチケットをくれたのです。

当時、タイヤ屋さんのお隣が喫茶店で、それもポトスの植木鉢があちこちにあったり、やけにふかふかの革張りソファーがあったり、立派な灰皿が各テーブルにあったり、新聞や雑誌がたくさん揃えてあったりという典型的な純喫茶の設えでした。

モーニングを食べながらスポーツ新聞を読む常連さんたちに交じって、ドキドキしながらコーヒーを飲んだ覚えがあります。緊張し過ぎて、手持ちぶさたなことにも気付かなかったほどで、そのときのコーヒーの味なんて、てんで覚えていません。

デビュー前、担当編集さんと最初にお会いしたのも昭和感漲る喫茶店の一つでした。そこでごついグラスに入った氷の多すぎるアイスコーヒーを飲みながら、ペーパーナプキンに「著者校正のとき、ゲラに赤を入れる方法」をさらさらっと書いて教えていただいたのも、懐かしい思い出です。

皆さんにも、喫茶店にまつわる思い出やお気に入りのメニューがきっとあるのではないかと思います。

吾聞と澄哉のぶきっちょな恋模様を見守りつつ、心の奥底にあるそんな記憶を辿り、ほっこりした時間を過ごしていただけたら、作者としてはとても幸せです。

また今回、いつか一緒にお仕事できたら……と心ひそかに願っていた六路《ろくろ》黒《くろ》さんにイラストをつけていただけて、本当に嬉しいです。キャララフをいただいたとき、素敵すぎて「ギャーッ」ってひとりで奇声を発してしまいました。ありがとうございます！

そして、担当Nさんをはじめ、この本を読者さんにお届けするまでのすべての工程でお世話になった方々にも、深くお礼を申し上げます。

勿論、この本を手に取り、読んでくださった方には、心からの感謝を。

実はまだ吾聞に作らせたい喫茶店メニューがたくさんあるので、次作を書くチャンスがいただけたら凄く嬉しいなと……！　吾聞と澄哉が、あるいは「純喫茶あくま」のメニューがお気に召しましたら、是非とも応援をよろしくお願いいたします。

ではでは、近いうちにまたお目にかかれますように。どうぞ健やかにお過ごしください。

槙野道流　九拝

純喫茶《じゅんきっさ》あくま

プラチナ文庫をお買いあげいただき、ありがとうございます。
この作品を読んでのご意見・ご感想をお待ちしております。

★ファンレターの宛先★

〒102-0072　東京都千代田区飯田橋3-3-1
プランタン出版　プラチナ文庫編集部気付
椹野道流先生係 / 六路 黒先生係

各作品のご感想をWEBサイトにて募集しております。
プランタン出版WEBサイト http://www.printemps.jp

著者――**椹野道流**（ふしの みちる）
挿絵――**六路 黒**（ろくろ くろ）
発行――**プランタン出版**
発売――**フランス書院**
〒102-0072　東京都千代田区飯田橋3-3-1
電話（営業）03-5226-5744
（編集）03-5226-5742
印刷――誠宏印刷
製本――若林製本工場

ISBN978-4-8296-2575-0 C0193

あなたに
「おかえりなさい」を言うのが、
好きです。

◆◆◆◆◆◆◆◆◆◆◆◆◆◆◆◆◆

くろねこ屋歳時記《クロニクル》
壱の巻

椹野道流&くも

◆◆◆◆◆◆◆◆◆◆◆◆◆◆◆◆◆

隠れ家カフェくろねこ屋の店長・ヒイラギはポーカーフェイスだが、実は不器用なだけ。恋人のネコヤナギは、そんな彼が愛おしくて……。

あんたが甘えてくれると、
幸せな気分になれる。

◆◆◆◆◆◆◆◆◆◆◆◆◆◆◆◆◆

くろねこ屋歳時記《クロニクル》
弐の巻

椹野道流&くも

◆◆◆◆◆◆◆◆◆◆◆◆◆◆◆◆◆

カフェくろねこ屋のコック・アマリネは、副店長のシロタエと一応恋人同士となったものの、素直じゃない彼に振り回されて……。

P2550+2552

●好評発売中!●